珍藏本
纪念版

汉译世界学术名著丛书

工作与时日
神谱

〔古希腊〕赫西俄德 著

张竹明 蒋平 译

商务印书馆
SINCE1897 The Commercial Press
2017年·北京

Hesiod

ERGA KAI HEMERAI

THEOGONIA

With an English Translation by

Hugh G. Evelyn-White

The Loeb Classical Library

Reprinted in Great Britain, 1929

根据英国洛布古典丛书 1929 年重印本，并参考 1908 年

牛津版 A. W. Mair 的英译本译出

汉译世界学术名著丛书
（120 年纪念版·珍藏本）
出 版 说 明

2017 年 2 月 11 日，商务印书馆迎来 120 岁的生日。120 年前，商务印书馆前贤怀揣文化救国的理想，抱持"昌明教育，开启民智"的使命，立足本土，放眼寰宇，以出版为津梁，沟通中西，为中国、为世界提供最富智慧的思想文化成果。无论世事白云苍狗，潮流左右激荡，甚至战火硝烟弥漫，始终践行学术报国之志，无改初心。

迻译世界各国学术名著，即其一端。早在 20 世纪初年便出版《原富》《天演论》等影响至今的代表性著作，1950 年代后更致力于外国哲学和社会科学经典的译介，及至 1980 年代，辑为"汉译世界学术名著丛书"，汇涓为流，蔚为大观。丛书自 1981 年开始出版，历时三十余年，迄今已推出七百种，是我国现代出版史上规模最大、最为重要的学术翻译工程。

丛书所选之书，立场观点不囿于一派，学科领域不限于一门，皆为文明开启以来，各时代、各国家、各民族的思想与文化精粹，代表着人类已经到达过的精神境界。丛书系统译介世界学术经典，引领时代思想，为本土原创学术的发展提供丰富的文化滋养，为推动中国现代学术和现代化进程做出了突出的贡献。

为纪念商务印书馆成立120周年，我们整体推出“汉译世界学术名著丛书”120年纪念版的珍藏本，寄望既利于文化积累，又便于研读查考，同时向长期支持丛书出版的译者、编者和读者致以敬意。

两甲子后的今天，商务印书馆又站在了一个新的历史时间节点上。我们不仅要铭记先辈的身影和足迹，更须让我们的步伐充满新的时代精神。这是商务人代代相传的事业，更是与国家和民族的命运始终紧密相连的事业。我们责无旁贷，必须做好我们这代人的传承与创造，让我们的努力和成果不仅凝聚成民族文化的记忆，还能成为后来人可以接续的事业。唯此，才能不负前贤，无愧来者。

商务印书馆编辑部

2017年10月

译 者 序

赫西俄德是荷马之后古希腊最早的诗人，以长诗《工作与时日》和《神谱》闻名于后世。众所周知，荷马只是古代以弹唱英雄史诗谋生的盲歌手的代名词；《伊利亚特》和《奥德修纪》乃是依据民间流传的歌唱英雄业绩的许多短歌编写而成的。它们的真正作者是民众，是一个民族，是许多代人。赫西俄德则不同，他是一位真实的历史人物，而《工作与时日》、《神谱》等也被认为是他的个人作品。

一

赫西俄德是古希腊的第一位个人作家。他生活和创作的年代，据希罗多德在《历史》第 2 卷 53 段估算，大约在公元前 9 世纪中叶。但是，12 世纪拜占庭的诗人兼学者杨尼斯·泽泽斯在《生平》中引亚里士多德的说法，认为赫西俄德只比哲学家毕达哥拉斯早一代人，这样就不能早于公元前 7 世纪了。两家意见相去甚远。至于古代的其他史家和学者，提到赫西俄德的虽然还有很多，但都没有言及年代。近代以来学者们倾向于认为，赫西俄德生活和创作的时代在公元前 8 世纪上半叶。这和《工作与时日》中反映出来的社会面貌是相符的。赫西俄德出生于中希腊波俄提亚的一个农民家庭。据

《工作与时日》633行以下诗句可以知道，他的父亲原是小亚细亚爱奥尼亚人移民地库麦城(Cyme)人，种田之外常常驾船出海从事海上贸易，后为“可怕的贫穷”所迫，迁居希腊大陆波俄提亚(Boeotia)的阿斯克拉村(Ascra)。地近神话传说中的文艺女神缪斯悠游的赫利孔山，属塞斯比亚(Thespiae)城邦管辖。他在这里垦荒种地，放牧牲畜，农闲时节或许还像从前一样驾船出海做点生意，就这样靠勤劳和节俭逐渐积累了一定的财富，大概组成了一个小康之家，生了两个儿子，即赫西俄德和佩耳塞斯。《工作与时日》37—39行告诉我们，老人死后两兄弟分割遗产，佩耳塞斯靠贿赂塞斯比亚的巴西琉斯(王爷)“获得并拿走了较大的一份”。此后，佩耳塞斯由于游手好闲或奢侈享乐，终于变穷了，来向赫西俄德乞求救济或企图再次挑起诉讼。《工作与时日》这首长诗便是诗人在这一境况中受到刺激开始创作的，既为了训诫兄弟，也用以劝谕世人。至于赫西俄德本人，根据《工作与时日》以及《神谱》(我认定它是另一作者的作品)22行，可以相信，他在分割遗产之后一直过着一个农民和牧人的勤劳朴素的生活。他和父亲唯一不同的地方是他生活安定，一直守在家乡，“从未乘船到过宽广的海域”。[①] 有关他生平的其他事迹，我们只知道一件事，即，他曾去过欧波亚(Euboea)的卡尔克斯城(Chalcis)参加安菲达玛斯的葬礼竞技会，在诗歌比赛中获奖，得到一只三脚鼎。他把它献给了赫利孔山上的缪斯女神，以感谢她们给他智慧，指引他走上诗歌创作的光荣道路。[②] 关于这次比赛还有如下的一些细

① 《工作与时日》650行以下。

② 同上。

节被传留下来。(一)泽泽斯在《生平》中记述道:那些主张赫西俄德和荷马同时代的人报导,在欧波亚王安菲达玛斯逝世时,这两位诗人进行了比赛,赫西俄德取得了胜利。评判委员会主席、死者的兄弟潘尼得斯把奖品判给了赫西俄德,理由是,他教人以和平和勤劳,而荷马教人战争和残杀。(二)公元2世纪的地理历史家波舍尼阿斯在《希腊游记》中说,[1]他那个时候还可以看到赫西俄德在卡尔克斯赢得的那个三脚鼎陈列在赫利孔山上。(三)在2世纪后的作品《竞赛》中还录有鼎上铭文:"赫西俄德把它献给赫利孔的缪斯,他在卡尔克斯唱圣歌赢了神一般的荷马"。此外,普罗克洛斯在《荷马生平》中,格留斯(Aulus Gellius)[2]在《阿提克之夜》3.11中也记有上述铭文。这些记述虽都出于名家,但都只能作为野史传诵而已。因为,如果这是真事,赫西俄德是一定会更觉自豪,大写特写的。事实上他在《工作与时日》中即没有说到看见过荷马,也没有说到是和谁比赛的。

关于赫西俄德之死,《生平》和《竞赛》记叙得比较详细,今概述于下。赫西俄德在卡尔克斯比赛获胜之后去德尔斐,阿波罗神谕告知,他将死于尼米亚美丽的宙斯圣林里。他以为是指亚哥利斯(Argolis)的尼米亚(Nemea),于是避开这个地方去了罗克里斯(Locris)的俄诺埃(Oenoe),得到菲古斯两子安菲法尼斯

① 《希腊游记》,ix.31,3。

② 普罗克洛斯(Proclus,公元412—485年)后期新柏拉图主义的主要代表。著有关于《工作与时日》的注释。不过《荷马生平》也可能是二世纪同名文法家作品。格留斯(约公元123—165年)罗马作家,所著《阿提克之夜》是关于古代语言、文学、习俗、法律、哲学、自然科学等等的笔记。

和盖纽克托的款待。后来主人怀疑他勾引他们的妹妹，把他杀了抛入海中。三日后尸体被海豚负到岸边，葬于俄诺埃（普鲁塔克说，葬于阿斯克拉），谁知这里也有一个尼米亚的宙斯庙。后被移葬俄霍米诺。诗人品达写过一个墓志铭，记述他的两次安葬。关于他的死，普鲁塔克的《七贤宴饮篇》19，波舍尼阿斯的《希腊游记》ix. 31. 6(5)、38. 3，苏伊达斯《词汇》的记述大同小异。修昔底德在《伯罗奔尼撒战争史》第3卷之96叙述到罗克里斯的尼米亚宙斯庙时说："据说，诗人赫西俄德就是在这里被当地人杀死的，前此已经有一个神谕说，他命中注定要死在尼米亚。"这些记载也只可作为美丽的传奇故事看待，尤其是《竞赛》和《生平》的记述。如果可被信以为真，赫西俄德在诗歌比赛获胜之后还未回到家乡便死在外地了，还怎么能写作《工作与时日》谈到那次比赛呢？但是修昔底德是古代最严谨的史家，就他的记载内容而言我们可以相信，早在公元前5世纪就确实有这样的传说了，并且为当时的人们所相信。

二

现在通行的赫西俄德作品集包括如下的篇目：《工作与时日》、《鸟卜》、《天文》、《喀戎的格言》、《大工作》、《伊得的长短短格》、《神谱》、《名媛录及欧荷欧》、《赫拉克勒斯之盾》、《刻宇刻斯的婚姻》、《大欧荷欧》、《爱基密俄斯》和《米兰浦底亚》等。这些作品分成两大组。一组以《工作与时日》为中心，属教谕诗，包括生产技术的指导和伦理道德的训诫。另一组以《神谱》为中心，追溯诸神的世系和部落及名门望族的始祖。

这些作品在古代曾长期归于赫西俄德名下。见于记载者，最早承认《工作与时日》是赫西俄德作品的(《神谱》的作者除外)有哲学家爱菲斯的赫拉克利特(约公元前540—前480年)、诗人品达(约公元前522—前442年)、喜剧家阿里斯托芬(约公元前446—前385年)。[①] 最早认为《神谱》是赫西俄德作品的有科罗封的色诺芬尼(约公元前570—前480年)、抒情诗人巴科里得斯(公元前约507—前428年)和历史学家希罗多德(公元前484—前425年)。[②] 但是，到希腊化时期，亚历山大里亚的批评家们开始怀疑某些作品不是赫西俄德所作。如其中文法家拜占庭的阿里斯托芬在编订赫西俄德作品集时怀疑《喀戎的格言》、《赫拉克勒斯之盾》等不是他的作品。此后便长期存在两种不同的记载。二世纪的地理历史家波舍尼阿斯在《希腊游记》ix，27，2怀疑《神谱》非赫西俄德所作；在同上书的ix，31，4—5报道说，赫利孔山一带的波俄提亚人的传统看法是，除了《工作与时日》以外，赫西俄德没写过其他的诗；他还报道说，他在赫利孔山亲眼看到过刻有《工作与时日》的铅版古本，上面没有序曲部分(1—10行)。此外，普鲁塔克(公元约46—120年)认为《刻宇刻斯的婚姻》是伪托，雅典尼俄斯(公元170—230年)认为《刻宇刻斯的婚姻》是古典时期的作品，他还否认《天文》是赫西俄德所作。与此同时，肯定上列作品全部或部分属赫西俄德所作的，仍不乏其人。罗

① 依次见于第奥根尼·拉尔修，《名哲言行录》ix. 1；品达，《伊斯米亚颂歌集》v. 96行；阿里斯托芬，《蛙》1030行以下。

② 依次见塞克斯都·恩庇里柯，《反数学家》ix. 193，i. 289；巴克科里得斯诗集v. 191行以下；希罗多德，《历史》ii. 53。

马著名学者老普林尼(公元23—79年)[1]肯定《大工作》和《天文》,普鲁塔克也肯定《天文》,雅典尼俄斯肯定《米兰浦底亚》是赫西俄德的作品。而10世纪的苏伊达斯的《词汇》在"赫西俄德"条下列出了几乎所有上述篇名,即认为所有这些作品都是他一个人的作品。近代西方学者对此大都采取双重态度。即,既怀疑某些作品系伪托之作,又依旧把它们列在赫西俄德名下,或汇编成集。

但是事实上,如果我们不怀疑这些作品本身,那么它们的主要内容,尤其是其中的一些自传性的话语完全可以证明:上述作品既非出于一人之手,亦非写成于一个时期。《工作与时日》无疑是赫西俄德所作,写成的时间也最早。《神谱》是另一诗人的作品,写成时间晚于《工作与时日》。[2] 上述两诗是其他诸诗的中心和源泉。《名媛录及欧荷欧》显然是《神谱》主题的扩大和发展,写成时间又比《神谱》晚些,但所晚不多;而《赫拉克勒斯之盾》又是《名媛录及欧荷欧》主题的发展,当更晚出,近代学者认为可被定在公元前7世纪后半叶,但说不出足够的证据。至于其他残篇,或早或晚,作者是谁,无从定论。但有几点意见是可以确定下来的:即,所有作者都是波俄提亚人,他们生活和创作的年代都在赫西俄德之后,但又相去不远;作品相互间存在着某种联系性。因为他们的诗在语言风格、创作方法上有着许多共同的特点。近代西方出版的一些古典辞书称他们为波俄提亚诗派或罗克里斯诗派是有道理的。

这些作品只有三种完整的保存至今,其余的都只剩下断简残

① 肯定《大工作》的,见普林尼《自然史》xv. 1, xxi. 17。又见普罗克洛斯对《工作与时日》126行的注释。又见一佚名注释者对亚里士多德《尼各马可伦理学》v. 8的注。

② 《神谱》21—25行。

篇，这三种完整的作品是《工作与时日》、《神谱》、《赫拉克勒斯之盾》。《赫拉克勒斯之盾》被认为是荷马史诗《伊利亚特》中关于阿克琉斯之盾描述的蹩脚的模仿，没有什么价值。前两者则以各自不同的价值历来受到重视。下面分别对它们作一简要介绍。

三

《工作与时日》包括 5 个部分：(a)序曲，包括原诗 1—10 行，是献给缪斯，赞颂宙斯万能的。(b)包括 11—382 行，这部分总的劝导人们要勤奋工作。一开始用了两个不和女神的比喻。两个"不和"分别代表能激人奋发的"竞争"和无益的"争斗"。然后用潘多拉的神话说明人世怎么会有恶，怎么需要工作的，进而描述人类生活的五个时代，探究恶逐渐增加的原因，强调人世生活现状的艰辛和斗争的不可避免。其次，诗人讲了一个鹰和夜莺的寓言，谴责暴力和不公，进而对比公正带给一个国家的幸福和暴力所遭到的上天惩罚。作为这个部分的结论是一系列的格言，总的劝人公正、勤劳和谨慎。劝谕着重在道德方面，是全诗的要旨所在。(c)包括原诗 383—694 行，这部分告诉人们，要避免匮乏和窘困的境况，只有在农业生产和海上贸易中勤奋劳动而又谨慎小心才能做到。这部分着重在生产知识的指导。围绕农业生产，家畜饲养，海上航行，生动地反映了早期希腊的农村经济生活，有声有色地描绘了一年四季的气候和自然景色的变换，记录了当时达到的关于气象、天文、动植物生长和活动规律等方面自然科学的经验知识。这部分文字华美而又清新。(d)包括 695—764 行，充满各种各样的格言，大都是关于家庭内的日常生活活动，初看上去彼此很少甚至完全没有什么关联。但归纳一下，不外教人注意不要有亵渎神灵的行为，对人要注意谨慎；是(b)部分中劝导谨慎主题的继续发挥。(e)765－828行，教人注意每个月里的一些日子，注意这些日子对于农业生产和其他活动吉利还是不吉利。是当地农民关于吉日凶日的宗教观念甚至迷信信条的汇集，是(d)部分不可渎神思想的发挥。

长诗取名《工作与时日》根据的是(c)和(e)部分的内容，但是全诗的主旨在(b)部分，即公正与勤劳的美德。(c)部分是(b)部分勤劳生产主题的具体化和发挥。至于(d)和(e)部分，似乎与主题无关，是五花八门格言的堆砌，且是杂乱无章的堆砌。也是因为这个缘故，批评家们常常指出长诗主题分散或无中心主题的缺点。细读这首诗，我们不得不承认文章的布局、文字的组织都不够严密，尤其是教谕格言，看上去好像是随感随记的，甚至连简单的整理分类工作都没做过。但这只是一个方面。如果我们从全诗整体上看，也不得不承认还是有一个统一的主题的，这个主题就是人类如何可以生活得幸福或快乐。幸福或快乐是古希腊人追求的人生理想。历代伦理思想家都把它作为自己研究的最高课题，提出过各种不同的答案。虽然一般认为这首诗的主题包括道德训诫和生产技术指导两个方面，但细读起来仍不难看出其间的统一性。即统一在道德教训一个方面。罗马哲学家卢克莱修是伊壁鸠鲁快乐论的信徒。他曾指出，一个人要能过上体面的幸福生活，一定的生活资料或财富是不可或缺的。而生活资料取得的唯一正当途径在赫西俄德看来就是勤于劳作。公元前8世纪初希腊进入阶级社会，阶级矛盾、人际关系开始复杂化，人们在社会灾难面前不知所措。要取得幸福，还必须学会处理好各种人事，还有那代表威严的自然力和尚不可捉摸的社会力的神灵，更是不可轻慢的。这就是为什么诗人为了给人们指出幸福之路时要不厌其烦地缕述这么多方面的格言的缘故。

四

长诗在艺术形式上尽管远不是完美的，但由于它是文明之初的第一个个人作品，因此我们不能低估它在西方文学、历史上应有的地位。如果说荷马史诗是浪漫主义的，那么《工作与时日》则是西方历史上第一部现实主义的作品。诗人叙述的事情是现实的，要解决的矛盾是现实的，说的道理是现实的，格言也是那个时代人民生活经验的总结。因此在浪漫主义和史诗创作已趋衰落的当时，《工作与时日》一定处处给人以清新感。因此人们才称它是“一支光荣的歌”，把它的作者和荷马相提并论。其次，《工作与时日》虽然使用的是史诗风格的语言，但它已突破了史诗的局限，已经是一种新的文学体裁——训谕诗。有叙述有教导，以教导为主。教导中广泛使用各种祈使语式，叙述中有的像抒情诗、田园诗，有的就是一篇寓言。因此可以说，诗中包含着后来几世纪文学的各种胚芽。

由于长诗是公元前 8 世纪唯一的文学作品，又是以现实生活为题材的，其社会历史资料价值也可想而知。根据长诗的反映，公元前 8 世纪初的希腊社会粗看起来似乎仍如荷马时代一样，但事实上已经有了不少新的特点，甚至有质的不同。虽然一如荷马时代的希腊，居民主要还是从事农业生产，畜牧业居次，手工业，包括冶铁、制造农具等仍然是农民的副业，但和荷马时代不同，商业有了明显的发展。不仅较为先进的小亚细亚地区居民常有出海经商的，连地处内陆的波俄提亚的农民也拥有自己可供出海的船只了。至于当时是否出现了专做买卖的商人阶层，从诗中不得而知。贸易双方看来还是物物交换，还没有出现货币。

商业的发展给8世纪的希腊带来了一系列的社会后果。

这个时候居民的财富、地位分化加快了。自由民很容易穷的变富，富的变穷了。穷了的成为乞丐、雇工、奴隶。奴隶的数量增加了，如赫西俄德这样的小康农家也往往不止一个奴隶；他们已由主要从事家务劳动和辅助性劳动的家长制奴隶变为主要从事生产劳动的奴隶；他们耕地、播种、收割、打扫谷仓、造打谷场等等。女奴也开始用于田间劳动。作为阶级统治工具的国家已经产生，但国家机器还处于不发达状态。统治者是荷马时代称为巴西琉斯的大大小小的贵族权势人物。从《工作与时日》中反映出来的情况看，和平时期巴西琉斯的职能在于司法审判，他们裁决各种民事案件，主要是买卖纠纷和遗产争执，法庭就设在市场上，根据的是习惯法。众所周知，习惯性有很大的任意性。巴西琉斯收受贿赂偏袒一方。平民希望审判公正，但还不知道要求制定成文法。

此外，希腊各地区之间经济联系的加强促进了文化的交流，波俄提亚的诗人参加了欧波亚的卡尔克斯城国王的葬礼竞技会并获得了奖品。公元前776年第一届全希腊性的奥林匹亚竞技会举行了。经济文化联系的加强又促也了全希腊民族意识和各种地域性政治同盟的形成。赫西俄德居住的阿斯克拉受制于塞斯比亚城的巴西琉斯可以视为这一政治过程中的一个小小插曲。

《工作与时日》反映出来的希腊社会的这些特点，明白无误地告诉人们：公元前8世纪的希腊已经进入文明时期。

五

《神谱》包括三个部分：(a)序曲，原诗1－115行，述说缪斯的诞生，缪斯九神的名字，她们的性情品格特点，她们给两位诗人——赫西俄德和《神谱》作者的引导。104－115行作者祈求缪斯述说诸神的诞生，转入正题。(b)116－1020行是全诗的主体部分。"从头开始"述说宇宙诸神和奥林波斯诸神的诞生，即他们之间的亲缘世系，描绘他们的形象性情等等。"最先产生的确实是卡俄斯(混沌)，其次便产生该亚——宽胸的大地，……"大地母亲的后裔以天神乌兰诺斯系为主系，最为繁盛，一传至克洛诺斯，二传至宙斯。宙斯打败了提坦和提丰，确立和保住了对全宇宙的统治权，给诸神分配职司。此后便是宙斯的子女雅典娜、阿波罗等的出世，女神和凡间男子生了半人半神的英雄们。旁系有塔耳塔罗斯(地渊或地狱)系诸恶物和蓬托斯(大海)系的神与怪。(c)尾声，原诗1021－1022行。话题转向另一方面，预示另一诗篇的创作，另一批半人半神的英雄的产生。他们是一群凡间淑女和男神相爱所生的子女，是一些部落或氏族的祖先。

六

公元前 8—7 世纪希腊社会已进入文明时期，作为氏族社会精神产物的神话至此已基本定型。希腊神话是最丰富的。但由于希腊居民在古代曾发生过多次的迁移、冲突、交汇、融合，除各部落氏族自己创造的神话而外，又继承了克里特、迈锡尼的遗产，并在和先进的东方接触中改造吸收了埃及和西亚的神话，因此希腊神话这时呈现纷繁复杂的现象。往往不同的神具有相同的职能和相同的故事，同一个神在不同的地区又会有不同的职能和不同的故事，如此等等。《神谱》以奥林波斯神系为归宿，把诸神纳入了一个单一的世系。这样就完成了希腊神话的统一。

《神谱》对古代希腊人的宗教生活有直接的影响。公元前 8—7 世纪，希腊流行三种宗教，即奥林波斯崇拜、俄尔甫斯教派和厄琉息斯秘仪。后两者以德墨特尔和狄俄尼索斯为主要崇拜对象，奥林波斯教的崇拜对象则主要是宙斯、阿波罗和雅典娜。《神谱》不但继承荷马史诗传统，树立宙斯对天上和人间的统治地位，而且还把宇宙诸神和外来的神都降到他的臣仆的地位，同时把人间的贵族巴西琉斯和宙斯拉上关系，把他们说成是宙斯的学生，歌颂他们的公正和智慧。这符合初期阶级社会贵族人物的口味，在他们的提倡下，对奥林波斯诸神的崇拜成了占统治地位的宗教。

《神谱》对希腊自然哲学的产生和发展也有直接的影响。这一影响甚至比对宗教的影响更为深远。古希腊自然哲学一开始便以寻求世界的本原为其主课题，这和《神谱》中追述诸神的起源有着明显的联系。本世纪初著名的希腊哲学史家康福德就不相信泰勒斯的水为万物之本原的思想是突然地从天上掉下来的或从地下迸出来的。现代西方学者从第尔斯到格思里都从赫西俄德（作为《神谱》的作者）的思想中看到一种“离开神话向理性思想发展的倾向”，因而把赫西俄德作为伊奥尼亚自然哲学家的先驱之一。[①]

张 竹 明

1990 年 6 月 16 日　于南京大学历史系

① 见汪子嵩等《希腊哲学史》，人民出版社，1988，第 1 卷第 72 页。

目　录

工作与时日

皮埃里亚[1]善唱赞歌的缪斯神女，请你们来这里，向你们的父神宙斯倾吐心曲，向你们的父神歌颂。所有死的凡人能不能出名，能不能得到荣誉，全依伟大宙斯的意愿。因为，他既能轻易地使人成为强有力者，也能轻易地压抑强有力者。他能轻易地压低高傲者抬高微贱者，也能轻易地变曲为直，打倒高傲者。——这就是那位住在高山，从高处发出雷电的宙斯。宙斯啊，请你往下界看看，侧耳听听，了解真情，伸张正义，使判断公正。还有你，佩耳塞斯[2]啊，我将对你述说真实的事情。

大地上不是只有一种不和之神，而是有两种。一种不和，只要人能理解她，就会对她大唱赞辞。而另一种不和则应受到谴责。这是因为她们的性情大相径庭。一种天性残忍，挑起罪恶的战争和争斗；只是因为永生天神的意愿，人类不得已而崇拜这种粗厉的不和女神，实际上没有人真的喜欢她。另一不和女神是夜神的长女，居住天庭高高在上的克洛诺斯之子把她安置于大地之根，她对人类要好得多。她刺激怠惰者劳作，因为一个人看到别人因勤劳

[1] 在奥林波斯山麓，是缪斯的出生地。见《神谱》54 行。

[2] 诗人赫西俄德的兄弟。

而致富，因勤于耕耘、栽种而把家事安排得顺顺当当时，他会因羡慕而变得热爱工作。邻居间相互攀比，争先富裕。这种不和女神有益于人类。陶工与陶工竞争，工匠和工匠竞争；乞丐忌妒乞丐；歌手忌妒歌手。

噢，佩耳塞斯！请你记住这些事：不要让那个乐于伤害的不和女神把你的心从工作中移开，去注意和倾听法庭上的争讼。一个人如果还没有把一年的粮食、大地出产的物品、德墨特尔的谷物及时收贮家中，他是没有什么心思上法庭去拌嘴和争讼的。当获得丰足的食物时，你可以挑起诉讼以取得别人的东西。但是，你不会再有机会这样干了。让我们用来自宙斯的、也是最完美的公正审判来解决我们之间的这个争端吧！须知，我们已经分割了遗产，并且你已获得并拿走了较大的一份，这极大地抬高了乐意审理此类案件热衷于受贿的王爷们的声誉。这些傻瓜！他们不知道一半比全部多多少，也不知道以草芙蓉和常春花[①]为生有什么幸福。

诸神不让人类知道生活的方法，否则，你工作一天或许就能轻易地获得足够的贮备，以致一整年都不需要再为生活而劳作了；或许立刻就可以把船舵卸下置于烟上[②]，牛和壮骡翻耕过的田亩又会变成荒地。但是，愤怒的宙斯不让人类知道谋生之法，因为狡猾的普罗米修斯欺骗了他。因此，宙斯为人类设计了悲哀。他藏起了火种。但是，伊阿佩托斯[③]的优秀儿子又替人类从英明的宙斯

① 草芙蓉和常春花：就如“面包和乳酪”一样是穷人的食物。——英译者

② 指无航海活动。

③ 希腊神话中提坦神之一，乌兰诺斯（天神）和该亚（地神）之子，普罗米修斯、阿特拉斯之父。

那里用一根空茴香秆偷得了火种，而这位雷电之神竟未察觉。聚云神宙斯后来愤怒地对他说：

“伊阿佩托斯之子，你这狡猾不过的家伙，你以瞒过我盗走了火种而高兴，却不知等着你和人类的将是一场大灾难。我将给人类一件他们都为之兴高采烈而又导致厄运降临的不幸礼品，作为获得火种的代价。”

人类和诸神之父宙斯说过这话，哈哈大笑。他吩咐著名的赫淮斯托斯[①]赶快把土与水掺和起来，在里面加进人类的语言和力气，创造了一位温柔可爱的少女，模样像永生女神。他吩咐雅典娜教她做针线活和编织各种不同的织物，吩咐金色的阿佛洛狄特在她头上倾洒优雅的风韵以及恼人的欲望和倦人的操心，吩咐神使阿尔古斯[②]、斩杀者赫尔墨斯给她一颗不知羞耻的心和欺诈的天性。

宙斯作了上述吩咐，神们听从了克洛诺斯之子、众神之王的安排。著名的跛足之神[③]立刻依照克洛诺斯之子的意图，用泥土创造了一个腼腆少女的模样，明眸女神雅典娜给她穿衣服、束腰带，美惠三女神和尊贵的劝说女神给她戴上金项链，发髻华美的时序三女神往她头上戴上春天的鲜花。〔帕拉斯·雅典娜为她作了各种服式的周身打扮。〕[④]按照雷神宙斯的要求，阿尔古斯和斩杀者

① 希腊神话中的火神和冶炼业的保护神。

② 希腊神话中的百眼怪物，一译阿耳戈斯。

③ 指赫淮斯托斯，因曾得罪宙斯被从天上扔下而致瘸。

④ 基本内容与72行有重复，系根据不同抄本。以下用括号处，皆表示来自不同抄本异文。不另注。

神使赫尔墨斯把谎言、能说会道以及一颗狡黠的心灵放在她的胸膛里，众神的传令官也给了她成篇的语言。宙斯称这位少女为“潘多拉”[1]，意思是：奥林波斯山上的所有神都送了她一件礼物——以五谷为生的人类之祸害。

诸神之父既已布置好这个绝对无法逃避的陷阱，便派荣耀的阿尔古斯、斩杀者、诸神的快速信使把她作为一份礼物送到厄庇米修斯[2]那里。厄庇米修斯没有考虑普罗米修斯嘱咐他的话——普罗米修斯曾吩咐他永远不要接受奥林波斯的宙斯送给他的任何礼物，送到了也要退回去，以免可能成为人类的灾祸——他接受了这份礼物，后来受到祸害时，他才领会了那些话的含义。

须知在此之前，人类各部落原本生活在没有罪恶、没有劳累、没有疾病的大地上，命运三女神[3]给人类带来了这些灾难。〔须知在不幸中人老得很快。〕这妇人用手揭去了瓶上的大盖子，让诸神赐予的礼物都飞散出来，为人类制造许多悲苦和不幸。唯有希望仍逗留在瓶颈之下的牢不可破的瓶腹之中，未能飞出来。像手持埃癸斯[4]招云的宙斯所设计的那样，在希望飞出瓶口之前，这妇人便盖上了瓶塞。但是，其他一万种不幸已漫游人间。不幸遍布大地，覆盖海洋。疾病夜以继日地流行，悄无声息地把灾害带给人类，因为英明的宙斯已剥夺了他们的声音。因此，没有任何可躲避宙斯意志的办法。

---

① 意为“一切馈赠”。

② 普罗米修斯之弟。

③ 亦即惩罚三女神。见《神谱》217 行注。

④ 即神盾，赫淮斯托斯为宙斯制造的，宙斯摇动它就会电闪雷鸣。

如果你愿意，我将简要而又动听地为你再说一个故事，请你记在心上：诸神和人类有同一个起源。

首先，奥林波斯山上不朽的诸神创造了一个黄金种族的人类。这些凡人生活在克洛诺斯时代，那时他是天上的国王。人们像神灵那样生活着，没有内心的悲伤，没有劳累和忧愁。他们不会可怜地衰老，手脚永远一样有劲；除了远离所有的不幸，他们还享受筵宴的快乐。他们的死亡就像熟睡一样安详，他们拥有一切美好的东西。肥沃的土地自动慷慨地出产吃不完的果实。他们和平轻松地生活在富有的土地上。羊群随处可见，幸福的神灵眷爱着他们。

自从这个种族被大地埋葬之后，他们被称为大地上的神灵。他们无害、善良，是凡人的守护者。他们身披云雾漫游于大地各处，注视着人类的公正和邪恶的行为。他们是财富的赐予者，因为他们也获得了这种国王的权利。此后，奥林波斯诸神创造了第二代种族，一个远远不如第一代种族优秀的白银种族，在肉体和心灵两方面都一点不像黄金种族。这个种族的孩子在其善良的母亲身旁一百年长大，语言贫乏，在家里孩子气十足地玩耍。但是，当他长大成人、渐渐步入风华正茂的青春期时，他的成人经历非常短暂，并且由于愚昧无知而使悲伤始终与之相伴。他们不能避免犯罪和彼此伤害，又不愿意崇拜神灵和给幸福神灵的祭坛献上祭品。——这是无论居住在哪儿的凡人都应该做的。于是，克洛诺斯之子宙斯气愤地抛弃了他们，因为他们不敬居住在奥林波斯的幸福神灵。

但是，当这个种族也被埋进泥土时，他们被人类称作地下的快乐神灵。尽管他们品位低一级，但仍然得到人类的崇敬。诸神之父宙斯又创造了第三代人类——青铜种族，产生于墨利亚神女①，他们可怕而且强悍，一点不像白银时代的人类。他们喜爱阿瑞斯制造哀伤的工作和暴力行为，不食五谷，心如铁石，令人望而生畏。他们力气很大，从壮实的躯体、结实的双肩长出的双臂不可征服。他们的盔甲兵器由青铜打造，房屋是青铜的，所用工具也是青铜的。那时还没有黑铁。他们用自己的手毁灭了自己，去了冷酷的哈得斯的潮湿的王国，没有留下姓名。尽管他们强大可怕，但为黑死病所征服，离开了阳光普照的大地。

在这个种族也被埋进大地后，克洛诺斯之子宙斯又在富有果实的大地上创造了第四代种族，一个被称作半神的神一般的比较高贵公正的英雄种族，是广阔无涯的大地上我们前一代的一个种族。不幸的战争和可怕的厮杀，使他们中的一部分人丧生。有些人是为了俄狄浦斯的儿子战死在七座城门的忒拜－卡德摩斯的土地上；有些人为了美貌的海伦渡过广阔的大海去特洛伊作战，结果生还无几。但是，诸神之父、克洛诺斯之子宙斯让另一部分人活下来，为他们安置了远离人类的住所，在大地之边。他们无忧无虑地生活在涡流深急的大洋岸边的幸福岛上，出产谷物的土地一年三次为幸福的英雄们长出新鲜、香甜的果实。远离不朽的众神，克洛诺斯王统治着他们。因为人类和众神之父释放了克洛诺斯。这些结局一样光荣和受崇敬。

目光遥远的宙斯又创造了第五代人类，让他们生活在广阔的大地上。

① 见《神谱》187 行，563 行。

我但愿不是生活在属于第五代种族的人类中间，但愿或者在这之前已经死去，或者在这之后才降生。因为现在的确是一个黑铁种族：人们白天没完没了地劳累烦恼，夜晚不断地死去。诸神加给了他们严重的麻烦。尽管如此，还有善与恶搅和在一起。如果初生婴儿鬓发花白[①]，宙斯也将毁灭这一种族的人类。父亲和子女、子女和父亲关系不能融洽，主客之间不能相待以礼，朋友之间、兄弟之间也将不能如以前那样亲密友善。子女不尊敬瞬即年迈的父母，且常常恶语伤之，这些罪恶遍身的人根本不知道畏惧神灵。这些人不报答年迈父母的养育之恩，他信奉力量就是正义；有了它，这个人可以据有那个人的城市。他们不爱信守誓言者、主持正义者和行善者，而是赞美和崇拜作恶者以及他的蛮横行为。在他们看来，力量就是正义，虔诚不是美德。恶人用恶语中伤和谎言欺骗高尚者。忌妒、粗鲁和乐于作恶，加上一副令人讨厌的面孔，将一直跟随着所有罪恶的人们。羞耻和敬畏两女神以白色长袍裹着绰约多姿的体形，将离开道路宽广的大地去奥林波斯山，抛弃人类加入永生神灵的行列。人类将陷入深重的悲哀之中，面对罪恶而无处求助。

现在，我要给心里明白的老爷们讲一个故事。一只鹞鹰用利爪生擒了一只脖颈密布斑点的夜莺，高高飞翔到云层之中，夜莺因鹰爪的刺戮而痛苦地呻吟着。这时，鹞鹰轻蔑地对她说道："不幸的人啊！你干吗呻吟呢？喏，现在你落入了比你强得多的人之手，你得去我带你去的任何地方，尽管你是一个歌手。我只要高兴，可

① 指堕落到极点。

以你为餐，也可放你远走高飞。与强者抗争是傻瓜，因为他不能获胜，凌辱之外还要遭受痛苦。”长翅膀的、飞速快的鹰说了如上这番话。

佩耳塞斯，你要倾听正义，不要希求暴力，因为暴力无益于贫穷者，甚至家财万贯的富人也不容易承受暴力，一旦碰上厄运，就永远翻不了身。反之，追求正义是明智之举，因为正义最终要战胜强暴。然而，愚人只有在受到痛苦时才能领会这个道理，因为霍尔卡斯①紧随错误的审判。贪图贿赂、用欺骗的审判裁决案件的人，无论在哪儿强拉正义女神，都能听到争吵声。正义女神身披云雾跟到城市和人多的地方哭泣，给人们带来灾祸，甚至给那些把她赶到对她说假话的地方的人们带来灾祸。

相反，人们如果对任何外来人和本城邦人都予以公正审判，丝毫不背离正义，他们的城市就繁荣，人民就富庶，他们的城邦就会呈现出一派爱护儿童、安居乐业的和平景象。无所不见的宙斯也从不唆使对他们发动残酷的战争。饥荒从不侵袭审判公正的人，厄运也是如此。他们快乐地做自己想干的活计，土地为他们出产丰足的食物。山上橡树的枝头长出橡实，蜜蜂盘旋采蜜于橡树之中；绵羊身上长出厚厚的绒毛；妇女生养很多外貌酷似父母的婴儿。他们源源不断地拥有许多好东西，他们不需要驾船出海，因为丰产的土地为他们出产果实。

但是，无论谁强暴行凶，克洛诺斯之子、千里眼宙斯都将予以惩罚。往往有甚至因一个坏人作恶和犯罪而使整个城市遭受惩罚

① 霍尔卡斯，誓言之神。

的，克洛诺斯之子把巨大的苦恼——饥荒和瘟疫一同带给他们。因此，他们渐渐灭绝，妻子不生育孩子，房屋被奥林波斯山上的宙斯毁坏而变少。宙斯接着又消灭他们的庞大军队，毁坏他们的城墙，沉没他们海上的船舰。

啊，王爷们！请你们也要好好考虑这个惩罚。永生神灵就在人类中间，且时刻注意那些不考虑诸神的愤怒而以欺骗的判决压迫别人的人们。须知，宽广的大地上宙斯有三万个神灵。这些凡人的守护神，他们身披云雾漫游在整个大地上，监视着人间的审判和邪恶行为。其中有正义女神——宙斯的女儿，她和奥林波斯诸神一起受到人们的敬畏。无论什么时候，只要有谁用狡诈的辱骂伤害她，她即坐到克洛诺斯之子、其父宙斯的身旁，数说这些人的邪恶灵魂，直至人们为其王爷存心不善、歪曲正义作出了愚蠢错误的判决而遭到报应为止。啊，你们，王爷们，要注意这些事；而你们，爱受贿赂的王爷们，要从心底里完全抛弃错误审判的思想，要使你的裁决公正。

害人者害己，被设计出的不幸，最受伤害的是设计者本人。

宙斯的眼睛能看见一切，明了一切，也看见下述这些事情。如果他愿意这样，他不会看不出我们城市所拥有的是哪一种正义。因此，现在我本人和我的儿子在人们中间或许都算不上是正义者——既然做正义者是恶——如果不正义者拥有较多的正义的话。但是，我认为无所不知的宙斯是终必定会纠正这种现状。

但是，佩尔塞斯啊，你要记住这些事：倾听正义，完全忘记暴力。因为克洛诺斯之子已将此法则交给了人类。由于鱼、兽和有翅膀的鸟类之间没有正义，因此他们互相吞食。但是，宙斯已把正

280 义这个最好的礼品送给了人类。因为任何人只要知道正义并且讲
正义，无所不见的宙斯会给他幸福。但是，任何人如果考虑在作证
时说假话、设伪誓伤害正义，或犯下不可饶恕的罪行，他这一代人
285 此后会渐趋微贱。如果他设誓说真话，他这一代人此后便兴旺昌
盛。

但是，我将乐于对你——愚蠢的佩耳塞斯说一些大道理。邪
恶很容易为人类所沾染，并且是大量地沾染，通向它的道路既平坦
290 又不远。然而，永生神灵在善德和我们之间放置了汗水，通向它的
道路既遥远又陡峭，出发处路面且崎岖不平；可是一旦到达其最高
处，那以后的路就容易走过，尽管还会遇到困难。

亲自思考一切事物，并且看到以后以及最终什么较善的那
295 个人是至善的人，能听取有益忠告的人也是善者。相反，既不动
脑思考，又不记住别人忠告的人是一个无用之徒。出身高贵的
佩耳塞斯啊，要时刻记住我的忠告，无论如何你得努力工作。这
300 样，饥饿或许厌恶你，头冠漂亮、令人崇敬的地母神或许会喜爱
你，用粮食填满你的谷仓，因为饥饿总是懒汉的亲密伴侣。活着
而无所事事的人，神和人都会痛之恨之，因为其禀性有如无刺的
305 雄蜂，只吃不做，白白浪费工蜂的劳动。愿你注意妥当地安排农
事，让你的谷仓及时填满粮食。人类只有通过劳动才能增加羊群
309 和财富，而且也只有从事劳动才能备受永生神灵的眷爱。劳动不
311 是耻辱，耻辱是懒惰。但是，如果你劳动致富了，懒惰者立刻就会
忌羡你，因为善德和声誉与财富为伍。如果你把不正的心灵从别
315 人的财富上移到你的工作上，留心从事如我嘱咐你的生计，不论你
的运气如何，劳动对你都是上策。恶的羞耻心是穷人的伴侣。羞

耻既能极大地伤害人，又能大大地助人兴盛。羞耻跟随贫穷，自信伴着富裕。

财富不可以暴力攫取，神赐的财富尤佳。一个人如果以暴力夺取巨大的财富，或借狡猾的辞令进行骗取，正如良心为贪婪所蒙骗、羞耻为无耻所抛弃时常常可以看到的那样情形：神灵贬斥他，让他的房屋枯朽，财富在他手里迅即消失。伤害恳求者、冷待客人、爬上兄弟的床笫与其妻乱伦、忍心虐待孤儿、斥骂伤害年老少欢的父亲，神灵同样会贬斥他这些恶行，宙斯肯定会对此大发雷霆，最终会对他施以严厉的惩罚。但是，如果你彻底地阻止愚昧的灵魂去干这些事，尽你所能而纯真洁净地祭奠永生神灵，焚烧上等的肉类供品，平时无论夜晚还是神圣的白昼，奠酒和焚香来向他们赎罪，他们就对你大发慈悲，你因而可以买得别人的财产，而不是别人买去你的东西。

邀请你的朋友来进餐，但不要理睬你的敌人。特别要邀请住在你附近的人，因为如果你在这里发生了什么不幸，邻居们拔腿就跑来了，而亲戚们往往还得准备一下才能动身。坏邻居是一大灾祸，就像好邻居是一大福祉一样。有一个好邻居就如拥有一件财宝。如果你的邻居好，连一头牛也不会死亡。邻居对你有多好，你应该对他也有多好；或者，如果可能的话，应该对他更好些。这样，如果你以后需要帮助，你就一定能从他那里得到。

不要拿不义之财，因为不义之财等于惩罚。人家爱你，你也要爱他；人家来看望你，你也要去看望他；人家赠送你东西，他也要送他东西。人们都会对慷慨者大方，但不会有谁如此对待吝啬者。给予是善，夺取是恶，它会带来灭亡。一个心甘情愿施舍

的人，即使拿出的是一件宝贵的东西，他也会因此欢喜、心里高
360 兴。但是，无论谁如果堕入无耻，只想要别人的东西，即使其物
361 甚微，心灵也会变得冷酷无情。无论谁只要在已有的基础上进
363 行积累，就能避过目光明亮的饥饿，因为只要一点一点地增加，
362 且不断如此，不久你会积少成多。放在家里的东西不会烦扰你。
365 储蓄放在家里比较好，因为东西在外不保险。使用自己的东西
是乐事，需要什么而自己又没有，心里痛苦，我要你注意这一点。
在桶刚打开或接近用完时，你要往桶里添加，但中途要节省，用
完了再节省是不幸的。

370 答应给朋友的报酬要算数，甚至和亲兄弟也要找人作证，因为
信任和猜疑同样有害于人。

你千万不要上当，让淫荡的妇女用甜言蜜语蒙骗了你，她们目
375 光盯着你的粮仓。信任女人就是信赖骗子。

应该只生一个儿子来供养父亲一家，因为只有这样，家中的财
富才能增加。如果生养两个儿子，你就不能早死。不过子女多的
380 人家，宙斯也易于多给他们财富。人多多干活，财富增长快。

如果你心里想要财富，你就如此去做，并且劳动，劳动，再劳动。

普勒阿得斯①——阿特拉斯②的七个女儿在天空出现时③，你要开始收割；她们即将消失时④，你要开始耕种。她们休息的时间

① 阿特拉斯的七个女儿，以后便变成七星（昴星团）。

② 提坦神伊阿佩托斯和克吕墨涅之子，普罗米修斯和厄庇米修斯之弟。

③ 在阳历5月初。——英译者

④ 在阳历11月份。——英译者

是四十个日日夜夜。当她们在下一年再次露面时，你首要的是磨砺你的镰刀。平原遵循这个节气规律，海洋附近的居民，以及远离咆哮的海洋、土地肥沃的山谷居民也遵循这个规律。你如果愿意及时收获地母神赐予的一切果实，就必须出力耕耘、播种和收获，因为各种作物都只能在一定的季节里生长。否则，你日后一旦匮乏，就不是不乞求于别人的家门，而结果往往是徒费口舌，正如你才来找过我一样。愚蠢的佩耳塞斯啊，我不会再给你什么了，你要劳动，去做诸神为人类规定的那些活儿，免得有一天你领着悲苦悽惶的妻子儿女在邻居中乞讨，而他们谁也不关心你。你或许能得到二、三次施舍，但如果你再继续打扰他们，就会再也得不到什么了，你再说多少话都徒劳无益，你说得再可怜也没有人去理会你。是的，我劝你设法清偿债务、避免饥饿。

首先，弄到一所房屋、一个女人和一头耕牛。女人我是说的女奴，不是说的妻子，她也可以赶牛耕地。你得在家里置备好各式各样的农具，免得求借于他人而遭到拒绝时，你会因缺少耕牛农具而错过时令、误了农活。今天的事不要拖到明天、后天。懒汉不能充实谷仓，拖沓的人也是如此。勤劳就工作顺当，做事拖沓者总是摆脱不了失败。

当灼热的阳光减退其威力时，万能的宙斯送来了秋雨①，人的肉体开始觉得舒服多了。——那时，天狼星在生来就有痛苦的人类头顶上漫步，但它白天走的路程短，夜晚走的路程长。——在这个时节，阵雨打得树叶纷纷落地，树枝不会萌发新芽，用铁斧砍伐

① 在阳历 10 月份。——英译者

的树木最不易遭受虫蛀。因此你要记住伐木取材，这正是干此类活计的时节。取一段 3 足尺[①]直径的臼材、一根 3 肘尺长的杵和一根 7 足尺长的轴，这是正确的取料。如果你把轴弄成 8 足尺长，你就还能从其上截取一个木槌。你要为 10 掌宽的大车取一根 3 拃长的车轱辘，你也要取许多弯曲的材料；在山上或田野里找到合适的槲树时，你也要取一根犁辕带回家，因为它坚硬无比，最适合牛拉，只要雅典娜的伙计把它装到犁头上，再把它用暗销固定在犁杆上就行。你要准备好两个犁，在家里加工好，一个是天然木犁，另一个是用几根木料装配而成的。因为这样做好得多，损坏了一个你可以使用另一个。月桂树或榆树做成的犁杆最不易被虫蛀，犁头要用橡树，犁辕要用槲树。耕田要用两头都是 9 岁的公牛，因为这时它们力气最足，正当最佳年龄时期，最适合耕田。在田里它们不会打架或破坏耕犁，致使活儿不能完成。赶牛耕田的应是个精力旺盛的 40 岁的男人，让他一餐吃一个可分为四大块或八小块的面包。他能专心干自己的活儿，使犁沟笔直，不盯着同年龄的伙伴而会把心放在活儿上。播种的人年龄不能比他小，否则会浪费种子。因为比他更年轻的人会因看着伙伴而魂不守舍。

你要注意来自云层上的鹤的叫声，它每年都在固定的时候[②]鸣叫。它的叫声预示耕田季节和多雨冬季的来临，它使没有耕牛的农夫心急如焚。那时候，你要精心养壮牛棚里的头角弯曲的耕牛。须知说一声“借给我两头耕牛、一辆大车”是一件易事，但对方

① 以一脚之长量物，如尺。为避免和现行英尺相混，暂译“足尺”。

② 阳历约 11 月中旬。——英译者

以“我的牛有活要干”为借口加以拒绝也同样易如反掌。富于幻想的人常口口声声说造一辆大车，但竟不知造一辆大车要有上百根木料，你得事先留意把这些木料聚藏在家里。

耕种季节一到，你要和奴仆们一样不分晴雨抓紧时间抢耕抢种。每天清晨你自己就下田干活，只有这样，人手才能到齐，你的田地才有可能适时地耕种完毕，你要在春季耕种，但是夏季休耕的田地不会使你的希望落空。如果土质变得愈益贫瘠，你就播种休耕地。休耕地是生活的保障，孩子们的安慰。

为了获得粒大实满的谷物，在刚开始给耕牛戴上颈轭，系上皮带，握住犁把，手挥鞭赶它们拉犁耕地时，你就要向地下的宙斯、无辜的德墨忒尔祈祷。你在耕种时要吩咐一名奴隶带着锄头跟在后面，用泥土盖住种子，以免鸟儿啄食，因为管理得好是凡人的至善，反之则是凡人的极恶。这样做，如果奥林波斯之王宙斯允许一个善果，你的麦穗就会粒大实满，频频向大地鞠躬致意。这时候，你要打扫谷仓，清除蜘蛛网。在你吃着谷仓中的余粮时，我相信你会觉得高兴的。直到灰色的春季①，你仍然家有余粮，不需要焦急求人，只有别人需要你的帮助。

但是，如果你到太阳回归时②才耕种肥沃的田地，你将坐在地上收割③，手里抓起的是一把细细的麦秆，扎起来只是一捆乱草，还沾满泥土，没有一点快乐可言。只要一只篮子，你就可以把全部

① 因为嫩芽尚未脱去灰色的旧壳。——英译者　但 πολιός 亦可译为“阳光灿烂的”。

② 在阳历 12 月份，冬至。——英译者

③ 指麦秆矮小。

收获统统装回家，几乎没有人羡慕你。不过，神盾持有者宙斯的意愿也因时而异，凡人很难说定。因为如果你耕种得晚一点，你也有可能碰巧得到补救；也就是说，当布谷鸟第一次鸣叫于橡树之间、[1]无涯大地上的人类都为之高兴时，如果宙斯在第三天送来雨水，并且下个不停，直到地上水深刚好齐牛蹄，不多也不少，这样，晚耕的人就可望与早耕种的人获得同样好的收成。你要把这一切牢记心间，尤其要注意灰色的春季和雨季的来临。

在冷得无法下田干活的冬季，别贪图铁匠铺子和人多的旅店暖和而待在那些去处（因为这时，勤劳者可以使自己的家室十分兴旺），以免严寒的冬天使你贫穷而无助，以免被迫用消瘦了的手去擦热自己肿起的脚。然而，抱着虚无缥缈的希望的懒汉，因缺乏生活来源心里想起做坏事。对于一个没有生活保障而还贪图安乐的匮乏者来说，伴随着他的不是一个有益的希望。

尚在仲夏时，你就应该吩咐你的奴隶：“夏天不会常驻，动手建造谷仓吧！”

要避开勒那昂月[2]的不幸日子，这个月中每天都可能有牛冻死。北风之神在大地上吹着寒气，人类便会尝到霜天雪地的苦头。北风越过马群遍地的色雷斯，吹到广阔的大海上，搅得海水汹涌翻滚，所到之处，大地森林发出吼声，山谷中枝叶繁茂的高大橡树和粗壮的松树连根拔起倒在丰产的大地上，浓密的森林发出呼啸，野兽冷得发抖、尾巴夹到两腿之间，甚至身上长有浓厚毛层的动物也

---

① 即2月。

② 在阳历1月下旬和2月上旬。——英译者

是如此，尽管它们胸毛厚密，北风的寒气也能吹进它们的心窝。寒气甚至穿透牛的皮层而不受阻挡，也吹进毛层细密的山羊体内。但是，北风绝不能把寒光透进绵羊体内，因为它们身上长有大量绒毛。寒光使老年人冷得缩成一团，但却冻不了娇嫩的少女，她们待在屋里，依偎着亲爱的妈妈，还不知道金色女神阿佛洛狄特所做的事情：在一个寒冷的冬日，她洗完柔软的身体，涂上橄榄香油，躺在室内自己的房间里，不知道这时候乌贼鱼正畏缩在自己没有生火的屋里或没有欢乐的家里，啃咬自己的脚尖。太阳告诉他不去任何地方，而只去黑人的土地和城市，更加懒洋洋地照耀着整个希腊种族。那时候，森林里有角无角的动物全都可怜地冷得牙齿打战，穿过沼泽地而逃，一心只想找到一处浓密的树丛或一个岩洞做藏身之所。但是，他们都像手拄拐杖、驼背弓腰的老人一般，无处藏身以躲过冰天雪地的时光。

在这个季节里，为了保护自己的身体，你应该像我吩咐你的那样，穿一件软质上装、一件长袍。你的衣料应该在细细的经线上织上厚厚的纬线。穿着这种衣服，你周身的汗毛可依然如故，不至于冷得竖起来。你得系紧正好合脚的靴子。靴子要用牛皮做成，里面要衬一层厚厚的毛毡。霜天雪地的季节来临时，你得用牛筋线把初生山羊的皮缝好，穿在身上以防雨；头上要戴一顶毛毡制成的帽子，不让你的耳朵淋雨。在北风之神已经降临之后，黎明时辰特别寒冷，清晨有益的雾气从繁星点缀的天庭弥漫到大地上有福者的田野。当色雷斯的北风驱赶厚厚的云层时，长流不息的江河上的雾气被它高高卷起吹送到陆地上，有时在黄昏时刻凝结成雨，有时则形成狂风。为了避过这阵风，你要赶紧做完活儿及早回家，以免自天而降的乌云裹住了你，淋湿你的衣服而使你的身体着凉。要避过冬季，这是最艰难的月份，对人和羊都一样。在这个季节里，为牛只要准备是平常一半的饲料即可，但给家里人准备的粮食要多些，因为夜长可以帮助你节省。你要注意以上所说的一切，直到这一年结束，黑夜和白昼长度变得相等，万物之母的大地又带来丰富多样果实的时节。

宙斯结束了太阳回归[①]后的寒冷的六十天，牧夫座第一次于黄昏时分光彩夺目地从神圣的大洋河上升起[②]，潘狄翁[③]的尖声悲悼的女儿——燕子继之飞进了人类的视野，春季便降临人间。要在她到来之前修剪葡萄藤，这样做比较好。

当蜗牛从地下爬到植物上[④]以躲避阿特拉斯的七个女儿时，这就不再是葡萄园松土的季节了，而是磨砺镰刀，叫醒奴隶准备收割的时候了。在太阳烤得人难受的收获季节，不要躲在阴凉处坐地，不要一直睡到大天亮。那时节，你应该天天早起，抓紧时间把收获物运回家。只有这样，你的生计才能有保障。一个人早晨干的活儿能占全天的三分之一。早晨是外出的人赶路的最好时辰，也是劳动者干活儿的最好时辰；事实上，许多人趁早晨赶路，许多牛趁早晨耕田。

在菊芋开花时节[⑤]，在令人困倦的夏季里，蝉坐在树上不停地振动翅膀尖声嘶叫。这时候，山羊最肥，葡萄酒最甜；妇女最放荡，

① 在冬至日左右。
② 在阳历 2—3 月间。——英译者
③ 爱奥尼亚传说中的英雄，雅典的第一代王。
④ 时令约在阳历的 5 月中旬。——英译者
⑤ 在阳历 6 月份。——英译者

男人最虚弱。那时天狼星烤晒着人的脑袋和膝盖，皮肤热得干燥。在这时节，我但愿有一块岩石遮成的阴凉处，一杯毕布利诺斯的美酒，一块乳酪以及老山羊的奶，未生产过小牛的放在林间吃草的小母牛的肉和初生山羊的肉。我愿坐在阴凉下喝着美酒，面对这些美馔佳肴心满意足；同样，我愿面对清新的西风，用常流不息的洁净泉水三次奠水，第四次奠酒。

大力气的奥利安一出现①，你就要催促你的奴隶们在一个空阔地方的一块平滑的场地上扬净地母神赐予的谷物。过秤后要贮藏在坛坛罐罐里。当你已把生活所需的全部食物妥善地贮备在家里时，我劝你赶走一个雇工，挑选一名没有孩子的女仆，因为有孩子的女仆要照料孩子，会带来麻烦。你要关心牙齿参差不齐的狗，不要克扣它的食物，以防盗贼偷走你的东西。同时，你也要为牛和骡准备充足的饲料和褥草。此后，你就要让你的奴隶们休息他们可怜的膝盖，从耕牛颈上卸下轭头也让它们休息。

当猎户座和天狼星走进中天，牧夫座黎明时出现在玫瑰色的天庭时②，佩耳塞斯啊，你要采摘葡萄，并把它们拉回家；在阳光下晒十天十夜，再捂盖五天，第六天把快乐的狄俄尼索斯的这些礼品装进器皿。但是，当普勒阿里斯、许阿得斯③和有力的奥利安开始降落时，④要记得及时耕地。于是，刚好完成了斗换星移的一年过程。

① 时当7月。奥利安('Ωρίων)希腊神话中健美的猎人，天文学中的猎户座。

② 在阳历9月份。——英译者

③ 金牛座的七颗星。

④ 在阳历10月末。

如果你想起要作不舒适的远航……当普勒阿得斯为逃过奥利安的巨大气力躲入重雾的大海时，[1]各种风暴一定开始肆虐。此时，你不要再航行于起泡沫的海面上了，要记住我的嘱咐，还是去耕耘你的田地。把船拉上岸，用石块堆积在船的四周，以阻挡潮湿风浪的威力，抽出船底板，别让雨水把它泡烂了。把所有船具卸下来搬进屋里，整洁地收藏好航海用的风帆，把好使的船舵高挂在烟之上。你就这么等着，等到航海季节到来时，再把船拉到海边，装上货物出海，这样你可以用它获利。愚蠢的佩耳塞斯啊，要像你我的父亲一样常常扬帆出海以寻找充足的生活来源。有一次他从爱奥尼亚的库莫越过广阔的海域来到这个寺方，不是逃避富裕和幸福，而是为了逃离宙斯加给人们的可怕贫穷。他定居在赫利孔山附近的一个贫穷村落阿斯克拉，这地方冬季寒冷，夏季酷热，风和日丽之日犹如凤毛麟角。

佩耳塞斯，你不但要注意所有农活的时令，尤其要记住适宜航海的季节。小船只供玩赏，装载货物要用大船。在一帆风顺的情况下，装货越多，获利越多。

一旦你把自己那颗迷误的心拨正到做买卖上，希望避免债务和不快的饥饿时，我将告诉你波涛汹涌的大海的节律，尽管我没有航海和驾船技术，因为我还从未乘船到过宽广的海域，仅仅从奥利斯（从前阿凯亚人结集起一支强大的军队从神圣的希腊开往出产美女的特洛伊时，曾因遇到风暴而停留在这里。）去过欧波亚，那次我去卡尔克斯参加智慧的安菲达玛斯的葬礼竞技会，会上这位品

---

① 在阳历 10 月末或 11 月初。——英译者

德高尚的英雄的后代宣布和颁发了奖品。高兴的是我因唱一首赞歌而获奖，拿走了一只有把儿的青铜三脚鼎，我把它献给了赫利孔山的文艺女神，因为正是她们在这山上首次指引我走上歌唱的道路。我的全部乘船经历就是这些。不过我还要把持盾者宙斯的心愿告诉你，因为文艺女神已教会我吟唱奇妙的圣歌。

当令人厌倦的炎热季节渐渐结束时，太阳回归①后五十天，是人类航海的最佳季节。这时候，你的船只不会受到损坏，大海也不会溺死水手，除非摇撼大地之神波塞顿或众神之王宙斯存心加害于你，因为结局好坏同样都由他们而定。那时，和风轻拂，大海无害于航行。你尽管放心地相信风神，把快船下到大海里，并把你所有的货物装到船上去，无需顾忌。但是，你要尽快返家，不要等到新鲜葡萄酒上市，秋雨季节以及南风神的可怕风暴的来临。这时伴随着宙斯的滂沱秋雨而来的南风搅动着海面，带来极大的危险。

人类还可以在春季航行，当无花果树顶上的嫩枝头刚刚抽出像乌鸦脚印大小的嫩叶时，可以驾船出海。这是春天的航海时机。我不称赞春季航海，因为我心里不欢喜它，这个季节航海要碰运气，很少逃避得了厄运。然而，有的人由于无知也会这样做。钱财是穷人的生命，但是，死在波涛中是可怕的。我嘱咐你要像我说的那样在心里琢磨所有这一切。你不要把全部的货物都放到空空的船上去，留下的部分要多一些，放在船上的部分要少些。在波涛中碰上灾难是一件坏事，这就像把一大宗货物放在一辆大车上，车轴压断货物毁坏一样。你要把握好尺度，在诸事中适当是最佳原则。

① 在阳历 7—8 月间。

你应该在风华正茂的 30 岁左右娶妻完婚，别太早也别太迟了。这是适时的婚姻。女性在青春期之后四年才发育成熟，在第五年应娶她过门。要娶一位少女，以便你可以教会她谨慎为人。最好娶一位邻近的姑娘，但是要谨慎，免得你的婚姻成为邻居们的笑柄。娶到一位贤惠的妻子胜过获得其他任何东西，没有比娶一位品行恶劣的老婆更糟糕的了。好吃懒做，不顾丈夫死活的妻子会促使其夫过早的衰老。

不要惹永生诸神生气，不要把朋友当做兄弟。如果你这样做，不要先冒犯他，也不要用说谎来开玩笑。如果他先得罪你，不论是说了坏话还是做了坏事，你要记住予以加倍报复。如果他愿意与你言归于好，并打算给予补偿，你应愉快接受。交朋友朝秦暮楚的人是没有价值的，至于你自己，则应待人以诚。

不要让人觉得你滥交朋友，或无友上门；也不要让人觉得你与恶人为伍，或与善者作对。

永远不要随便责备一贫如洗、苦受煎熬的人，因为贫穷是永生神灵给予的。人类最宝贵的财富是一条慎言的舌头，最大的快乐是它的有分寸的活动。如果你说了什么坏话，你不久就将听到有关你的更大的坏话。

宾客众多的聚会，即使宴会普通，你也要受之如常，因为这种宴会花费最少，快乐最多。

不要在黎明后不洗手便给宙斯浇奠芳冽的美酒，同样也不要给其他的不朽神灵奠酒；否则他们不听你的祷告，反而唾弃祷告者。

不要面对太阳笔直地站着解小便，要记住在日落到日出这段时间里干这事；不要在行路时解小便，无论在路上还是在路旁；不要赤身裸体；黑夜属于快乐的神灵。一个心智发达的细心人，他们总是坐下来，或者走到一个封闭庭院的墙角下做这事。

不要在家中的炉灶旁暴露个人不洁的阴私部位，要设法避免这事发生。不要在参加不详的葬礼返回后生育子女。要在参加神圣的祭神节庆后生育后代。

你得眼睛看着美好的河水作过祷告，又在此清澈可爱的水中把手洗净之后，才能趟涉这条常流不息的潺潺的流水。无论是谁过河，倘若带着一双没有洗净邪恶的手，诸神都会对他生气，并在以后给他增添麻烦。

不要在欢乐的祭神节日里用烧红的剪刀修剪五个指头上的指甲。

酒宴时不要把长柄勺子放在调酒用的碗里，因为厄运往往由此而生。

建造房屋不要造得马虎粗糙，否则叫声难听的乌鸦会落在上面聒噪。

不要从不洁静的器皿里拿东西吃或取水洗手洗脸，因为这类器皿里藏有灾祸。

不要让一个十二天的男孩坐在圣物上，这样做非常有害，因为这会使他丧失男子气；也不要让一个刚满十二个月的男孩这样做，理由同上。男人不应该用女人用过的水洗澡，否则他会因之在某个时候遭到深重的灾难。如果你碰巧看见正在焚烧的祭物，不要嘲笑这种秘仪，否则神也会对你生气。不要在河流入海处小便，也不要往喷泉里小便，要注意避免这种事情发生；也不要在这些地方大便，这样做是很不适宜的。

同样，要提防谣言。谣言是邪恶，容易滋生传播，但受害者却苦不堪言，消除它困难重重，传播的人多了，谣言永远不会干净全部地消失，甚至在某种情况下成为真理。

你要谨守宙斯赋予的这些时日，适当地告知你的奴隶们：一个月的第三十天是巡察工作和分配粮食的最好时日。

须知，下述这些日子是无所不知的宙斯定下的，只要人们能不把它们搞错了。

首先，每月的第一、第四、第七天皆是神圣之日。第七天是勒托生下佩带金剑的阿波罗的日子。第八天、第九天——上旬里至少这两天是特别有利于人类劳动的。十一日和十二日两天都是好日子，无论用于剪羊毛，还是用来收获喜人的果实；但十二日比十一日更好，因为这一天，在空中荡秋千的蜘蛛整天编织自己的网络，蚂蚁聚成堆，这一天妇女应搭起织机，开始自己的工作。

不要在上旬的第十三日[①]开始播种（谷物），但这一天最适宜移栽（植物）。

每月中旬的第六天非常不利于植物，但有利于男孩降世，虽然也不利于女孩出生，不利于姑娘出嫁。每月上旬的第六天不适宜女婴出世，但适宜阉割山羊和绵羊，也是建筑绵羊围栏的好日子。这天适宜男孩降世。但是，那天出生的人将喜欢挖苦、说谎、狡辩和私通。

应在每月第八天阉割公猪和吼叫的公羊，在第十二天阉割耐

① 这是波俄提亚农民的称法，阿提克人称之为中旬的第一日。

使的骡子。

在伟大的第十二天，聪明人应该诞生，这样的人最有深谋远虑。每月第十天是男性隆生的吉祥日，每月中旬的第四天是女性降生的吉祥日。在那天，你用手抚摸驯服绵羊、蹒跚长角的牛、牙齿锋利的狗和肥壮的骡子。但是在上旬和下旬的第四天，你要小心避免使你痛心的麻烦，这是一个命运攸关的日子。

每月第四天可以娶媳妇过门，但心须要选一个有这种喜事吉兆的第四日。

要躲过每月第五天，因为这些天艰难可怕。在某个月的第五天，据说厄里倪厄斯[①]曾帮助了誓约女神的降生，而誓约女神是厄利斯[②]生下来追究伪誓者的。

要小心谨慎在每月中旬的第七天把德墨忒尔赐予的谷物扔到圆形脱谷场上，伐木工要砍伐建房用的木材和许多适宜造船用的木料。在第四天开始建造狭长的舟船。

每月中旬第九天愈晚愈好，但上旬的第九天完全无害于人类，这天无论对男性还是女性都是出生的吉祥日，永远不是一个完全不吉祥的日子。

然而，几乎没有人知道每月第二十七天最利于打开酒坛，给牛、骡和快马套上轭头，以及把具有许多桨位的快船拖到葡萄紫色的大海上去。几乎没有人能说出它的真名字。

要在每月第四天打开坛塞。每月中旬的第四天是一个最为神

---

① 复仇女神。见《神谱》185 行。

② 希腊神话中的不和女神。见《神谱》225 行和 231 行。

圣的日子。此外几乎没有人知道每月第二十日之后的第四天，其早晨最好，傍晚欠佳。

以上说的这些日子对大地上的人类是一大恩典。其余日子捉摸不定，不那么吉利，不带来任何东西。每个人都有自己特别喜欢的日子，但几乎没有人能说出究竟为什么。一个日子有时像一位继母，有时又像一位亲娘。一个人能知道所有这些事情，做自己本分的工作，不冒犯永生的神灵，能识别鸟类的前兆和避免犯罪，这个人在这些日子里就能快乐，就能幸运。

神　　谱

让我们从赫利孔的缪斯开始歌唱吧，她们是这圣山的主人。她们轻步漫舞，或在碧蓝的泉水旁或围绕着克洛诺斯之子、全能宙斯的圣坛。她们在珀美索斯河[1]、马泉或俄尔美俄斯泉沐浴过娇柔的玉体后，在至高的赫利孔山上跳起优美可爱的舞蹈，舞步充满活力。她们夜间从这里出来，身披浓雾，用动听的歌声吟唱，赞美宙斯——神盾持有者，赞美威严的赫拉——亚哥斯[2]的脚穿金鞋的女神，以及神盾持有者宙斯的女儿明眸的雅典娜，还有福玻斯·阿波罗、喜爱射箭的阿尔忒密斯、大地的浮载者和摇撼者波塞顿、可敬的忒弥斯[3]、眼波撩人的阿佛洛狄特、金冠的赫柏、漂亮的狄俄涅、勒托[4]、伊阿佩托斯[5]和狡猾的克洛诺斯、厄俄斯[6]、伟大的赫利俄斯和明亮的塞勒涅，她们也歌颂该亚、伟大的俄刻阿诺斯、黑

---

① 赫利孔山、珀美索斯河、马泉、俄尔美俄斯泉都是文艺女神缪斯的圣地。珀美索斯河位于玻俄提亚境内，发源于赫利孔山，流入科巴伊克湖。

② 神后赫拉的主要崇拜地。

③ 忒弥斯是提坦女神之一(135 行)，宙斯妻，时序女神和命运女神之母(901—906 行)。

④ 狄俄涅是大洋神女之一(353 行)。勒托是提坦神之女(406 行)，阿波罗和阿尔忒密斯之母(918—920 行)。

⑤ 伊阿佩托斯，提坦神之一，普罗米修斯的父亲。

⑥ 厄俄斯，黎明女神，日神赫利俄斯和月神塞勒涅的姊妹。

暗的纽克斯，以及其他永生不朽的神灵。曾经有一天，当赫西俄德正在神圣的赫利孔山下放牧羊群时，缪斯教给他一支光荣的歌。也正是这些神女——神盾持有者宙斯之女，奥林波斯的缪斯，曾对我说出如下的话，我是听到这话的第一人：

“荒野里的牧人，只知吃喝不知羞耻的家伙！我们知道如何把许多虚构的故事说得像真的，但是如果我们愿意，我们也知道如何述说真事。”

伟大宙斯的能言善辩的女儿们说完这话，便从一棵粗壮的橄榄树上摘给我一根奇妙的树枝，并把一种神圣的声音吹进我的心扉，让我歌唱将来和过去的事情。她们吩咐我歌颂永生快乐的诸神的种族，但是总要在开头和收尾时歌唱她们——缪斯自己。但是，为什么要说这一切关于橡树或石头的话呢？①

来吧，让我们从缪斯开始。她们用歌唱齐声述说现在、将来及过去的事情，使她们住在奥林波斯的父神宙斯的伟大心灵感到高兴。从她们的嘴唇流出甜美的歌声，令人百听不厌；她们纯洁的歌声传出来，其父雷神宙斯的殿堂也听得高兴，白雪皑皑的奥林波斯山峰、永生神灵的厅堂都缭绕着回音。她们用不朽的歌声从头唱起，首先赞颂可敬的神的种族——大地和广天结合生下的那些神灵——一切有用之物的赐予者，其次在歌曲开始和结束时歌唱诸神和人类之父宙斯，称赞他是神灵中之最卓越者、最强有力。此外，她们还歌颂人类和巨人，在奥林波斯取悦宙斯的心灵——她们是奥林波斯的缪斯，神盾持有者宙斯的女儿们。

---

① 这是一句谚语，意思是：“为什么要多说离题的话呢？”

统治厄琉塞尔山丘的记忆女神谟涅摩绪涅在皮埃里亚生了她们[①]，她和克洛诺斯之子宙斯结合生下她们——没病没痛无忧无虑的九个神女。英明的宙斯和她同寝九夜，远离众神睡在她那圣床上。随着一个月一个月的流逝，同样的季节又回来了，一年过去了，过了这许多许多的日子，她生下了九个女儿。（她们有一样的思想，都爱好歌曲，她们的心灵一样地无忧无虑。）她们就生在离冰雪覆盖的奥林波斯山最高峰很近的地方，那里有她们明亮的舞蹈场地、漂亮的住处，美惠神女和愿望之神愉快地与之为邻。她们口吐优美歌声，用歌声赞美万物的法则和不朽众神的美好生活方式；然后，她们满意自己有一副甜美的歌喉，唱着神圣的歌曲走上奥林波斯山巅。她们吟唱时，黑暗的大地在她们身边发出回音；她们去见父神时，美妙的歌声从她们脚下升起。宙斯用武力推翻了自己的父亲克洛诺斯后，那时正统治着天宇。他自己拥有闪电和霹雳，公平地给众神分配了财富，宣布了荣誉。

因此，住在奥林波斯山上的缪斯——伟大宙斯的九个女儿歌颂这一切。她们的名字是：克利俄、欧忒耳佩、塔利亚、墨尔波墨涅、忒耳普霍瑞、厄拉托、波吕姆尼亚、乌刺尼亚、卡利俄佩。卡利俄佩[②]是她们大家的首领，她总是陪伴着受人尊敬的巴西琉斯。伟大宙斯的女儿们尊重宙斯抚育下成长的任何一位巴西琉斯，看着他们出生，让他们吮吸甘露，赐予他们优美的言词。当他们公正地审理争端时，所有的人民都注视着他们，即使事情很大，他们也

① 因此皮埃里亚成了崇拜缪斯的发源地。（《工作与时日》第1行）

② 卡利俄佩分管史诗。

能用恰当的话语迅速作出机智的裁决。因此，巴西琉斯们是智慧的。当人民在群众大会上受到错误引导时，他们和和气气地劝说，能轻易地拨正讨论问题的方向。当他们走过人群聚集的地方时，人们对他们像对神一般地恭敬有礼；当人民被召集起来时，他们鹤立鸡群，是受人注目的人物。缪斯给人类的神圣礼物就是这样。正是由于缪斯和远射者阿波罗的教导，大地上才出了歌手和琴师。巴西琉斯则是宙斯的学生，缪斯友爱的人是快乐的，甜美的歌声从他的嘴里流出。如果有人因心灵刚受创伤而痛苦，或因受打击而恐惧时，只要缪斯的学生——一个歌手唱起古代人的光荣业绩和居住在奥林波斯的快乐神灵，他就会立刻忘了一切忧伤，忘了一切苦恼。缪斯神女的礼物就会把他的痛苦抹去。

光荣属于你们，宙斯的孩子们！高唱美妙的歌曲赞颂永生不死的神圣种族吧！他们是大地女神该亚、星光灿烂的天神乌兰诺斯和黑暗的夜神纽克斯的子女，以及咸苦的大海蓬托斯所养育的后代。首先请说说诸神和大地的产生吧！再说说河流、波涛滚滚的无边大海、闪烁的群星、宽广的上天，（以及他们所生的赐福诸神的来历吧！）[①]再说说他们之间如何分割财富、如何分享荣誉，也说说他们最初是怎样取得重岭叠嶂的奥林波斯的吧！你们，住在奥林波斯的缪斯，请你们从头开始告许我这些事情，告诉我，他们之中哪一个最先产生。

最先产生的确实是卡俄斯（混沌），其次便产生该亚——宽胸

① 此行为有的抄本所无。——英译者

的大地，所有一切〔以冰雪覆盖的奥林波斯山峰为家的神灵〕[1]的永远牢靠的根基[2]，以及在道路宽阔的大地深处的幽暗的塔耳塔罗斯、爱神厄罗斯——在不朽的诸神中数她最美，能使所有的神和所有的人销魂荡魄呆若木鸡，使他们丧失理智，心里没了主意。从混沌还产生出厄瑞玻斯[3]和黑色的夜神纽克斯；由黑夜生出埃忒耳[4]和白天之神赫莫拉，纽克斯与厄瑞玻斯相爱怀孕生了他俩。大地该亚首先生了乌兰诺斯——繁星似锦的皇天，他与她大小一样，覆盖着她，周边衔接。大地成了快乐神灵永远稳固的逗留场所。大地还生了绵延起伏的山脉和身居山谷的自然神女纽墨菲的优雅住处。大地未经甜蜜相爱还生了波涛汹涌、不产果实的深海蓬托斯。后来大地和广天交合，生了涡流深深的俄刻阿诺斯、科俄斯、克利俄斯、许佩里翁、伊阿佩托斯、忒亚、瑞亚、忒弥斯、谟涅摩绪涅以及金冠福柏和可爱的忒修斯[5]。他们之后，狡猾多计的克洛诺斯降生，他是大地该亚所有子女中最小但最可怕的一个，他憎恨他那性欲旺盛的父亲。

大地还生了勇敢无比的库克洛佩斯——赠给宙斯雷电、为宙斯制造霹雳的布戎忒斯、斯忒罗佩斯和无比勇敢的阿耳戈斯[6]。

---

① 柏拉图、亚里士多德等不知有此行。显然是伪文。——英译者

② 在赫西俄德的宇宙观中，大地是一个圆盘，周围是大洋河俄刻阿诺斯，大地飘浮在广阔的水域上。大地被称作万物之根基，因为不仅树木、人类、动物，甚至山丘和海洋都依赖于它。——英译者

③ 厄瑞玻斯是"黑暗"的化身。

④ 埃忒耳是"光明"的化身。

⑤ 前五个是男性，后六个是女性，连同克洛诺斯(男)共为六男六女。

⑥ 布戎忒斯是雷霆，斯忒罗佩斯是闪电，阿耳戈斯是雷电隆隆之声。——英译者

他们都只有一只眼睛，长在前额中间，除此而外，一切方面都像神。由于他们都仅有一只圆眼长在额头上，故又都号称库克洛佩斯[1]。他们强壮有力，手艺精巧。

该亚和乌兰诺斯还生有另外三个魁伟、强劲得无法形容的儿子，他们是科托斯、布里阿瑞俄斯和克埃斯——三个目空一切的孩子。他们肩膀上长出一百只无法战胜的臂膀，每人的肩上和强壮的肢体上都还长有五十个脑袋。他们身材魁伟、力大无穷、不可征服。在天神和地神生的所有子女中，这些人最可怕，他们一开始就受到父亲的憎恨，刚一落地就被其父藏到大地的一个隐秘处，不能见到阳光。天神十分欣赏自己的这种罪恶行为。但是，广阔的大地因受挤变窄而内心悲痛，于是想出一个巧妙但罪恶的计划。她即刻创造了一种灰色燧石。用它做成一把巨大的镰刀，并把自己的计谋告诉给了亲爱的儿子们。她虽然内心悲伤，但还是鼓动他们，说道：

“我的孩子，你们有一位罪恶的父亲，如果你们愿意听我的话，让我们去惩罚你们父亲的无耻行径吧！是他最先想出做起无耻之事的。”

她说了这番话之后，孩子们全被恐惧所支配，无人敢于开口。但狡猾强大的克洛诺斯鼓起勇气回答了亲爱的母亲：

“妈妈，我答应你做这个事情，因为我看不起臭名昭著的父亲，最他最先想出做无耻之事的。”

听了克洛诺斯这样的回答，地神该亚欣喜万分，安排他埋伏在

① 意为“圆目者”。——英译者

一个地方，交给他一把缺口如锯齿的镰刀，并向他和盘托出了整个计划。

广大的天神乌兰诺斯来了，带来夜幕，他渴求爱情，拥抱大地该亚，展开肢体整个地覆盖了大地①。此时，克洛诺斯从埋伏处伸出左手，右手握着那把有锯齿的大镰刀，飞快地割下了父亲的生殖器，把它往身后一丢，让它掉在他的后面。它也没白白地从他手里丢掉，由它溅出的血滴入大地，随着季节的更替，大地生出了强壮的厄里倪厄斯②和穿戴闪光盔甲、手执长矛、身材高大的癸干忒斯③，以及整个无垠大地上被称作墨利亚④的自然神女们。克洛诺斯用燧石镰刀割下其父的生殖器，把它扔进翻腾的大海后，这东西在海上漂流了很长一段时间，忽然一簇白色的浪花从这不朽的肉块周围扩展开去，浪花中诞生了一位少女。起初，她向神圣的库忒拉靠近；尔后，她从那儿来到四面环海的塞浦路斯。在塞浦路斯，她成了一位庄重可爱的女神，在她娇美的脚下绿草成茵。由于她是在浪花（“阿佛洛斯”）中诞生的，故诸神和人类都称她阿佛洛狄特[即“浪花所生的女神”或“库忒拉的华冠女神”]⑤；由于到过库忒拉，因此也称“库忒瑞亚”；又因为出生在波涛滚滚的塞浦路斯，

① 这个神话解释了天与地之分离。在埃及人的宇宙观中，Nut（天空）被她的父亲 Shu 刺得与其弟 Geb（地）分开了，这个 Shu 就相当于希腊神话中的阿特拉斯。——英译者

② 复仇女神。

③ 巨灵神族或“巨人族”。

④ 参见《工作与时日》145 行注。

⑤ 这一行可能见于别一修订本。海因（Heyne）主张删去它，因为它有碍行文顺畅。——英译者

故又称塞浦洛格尼亚；又因为是从男性生殖器产生的，故又名“爱阴茎的”。无论在最初出生时还是在进入诸神行列后，她都有爱神厄罗斯和美貌的愿望女神与之为伴。她一降生便获得了这一荣誉。她也在神和人中间分得了一份财富，即少女的窃窃私语和满面笑容，以及伴有甜蜜、爱情和优雅的欺骗。

伟大的乌兰诺斯父神在责骂自己生的这些孩子[1]时，常常用浑名称他们为提坦（紧张者）。他说他们曾在紧张中犯过一个可怕的罪恶，将来要受到报应的。

夜神纽克斯生了可恨的厄运之神、黑色的横死之神和死神，她还生下了睡神和梦呓神族。尽管没有和谁结婚，黑暗的夜神还生了诽谤之神、痛苦的悲哀之神和赫斯佩里得斯姊妹[2]。赫斯佩里得斯看管着光荣大洋俄刻阿诺斯彼岸好看的金苹果和果实累累的树林。黑夜还生有司掌命运和无情惩罚的三女神——克洛索、拉赫西斯和阿特洛泊斯[3]。这三位女神在人出生时就给了他们善或恶的命运，并且监察神与人的一切犯罪行为。在犯罪者受到惩罚之前，她们决不停止可怕的愤怒。可怕的夜神还生有折磨凡人的涅墨西斯[4]，继之，生了欺骗女神、友爱女神、可恨的年龄女神和不饶人的不和女神。

---

① 复数形式 παῖδες 可作“儿子”解。

② 四或七位女神的总称，住在极西方，在蟒蛇拉冬（Λάδων）的帮助下看守金苹果。拉冬即 335 行所说的蛇妖。

③ 克洛索纺生命之线，拉赫西斯为每个人安排命运；阿特洛泊斯是带有可怕剪刀的报复女神。按前一职司，她们合称摩伊赖（Μοῖραι）；按后一职司，合名凯来斯（Κῆρες）。

④ 报应女神。

恶意的不和女神[1]生了痛苦的劳役之神、遗忘之神、饥荒之神、多泪的忧伤之神、争斗之神、战斗之神、谋杀之神、屠戮之神、争吵之神、谎言之神、争端之神、违法之神和毁灭之神，所有这些神灵本性一样。此外，不和女神又生了誓言女神，如果世人存心设假誓欺骗别人，她会纠缠不止。

涅柔斯是大海蓬托斯的长子，他诚实有信。由于他值得信赖、和蔼可亲、不忘正义、公正善良，故人们称他“长者”。蓬托斯和大地女神该亚结合生下了宽阔的陶马斯、傲慢的福耳库斯、脸蛋漂亮的刻托和铁石心肠的欧律比亚。

涅柔斯和环流大洋俄刻阿诺斯之女秀发的多里斯结合，在不产果实的大海里生下了许多孩子。[2] 她们是普洛托、欧克拉忒、萨俄、安菲特里忒、奥多拉、忒提斯、伽勒涅、格劳刻、库姆托厄、斯佩俄、托厄、可爱的哈利厄、帕西忒亚、厄拉托、玫瑰色臂膀的欧里刻、优雅的墨利忒、欧利墨涅、阿高厄、多托、普罗托、斐鲁萨、狄拉墨涅、尼萨亚、阿克泰亚、普洛托墨狄亚、多里斯、潘诺佩亚、漂亮的伽拉泰亚、可爱的希波托厄、玫瑰色臂膀的希波诺厄，还有库摩多刻——她能和库玛托勒革以及美踝的安菲特里忒一起轻而易举地在雾气濛濛的海面上平息波浪和阵阵狂风；此外，还有库摩、厄俄涅、头冠豪华的阿利墨德、爱笑的格劳科诺墨、蓬托波瑞亚、勒阿革瑞、欧阿革瑞、拉俄墨狄亚、波吕诺厄、奥托诺厄、吕西阿娜萨、形体完美无瑕的欧阿涅、身材迷人的普萨玛忒、神圣的墨尼珀、涅索、欧波摩珀、

[1] 引起特洛亚战争者。

[2] 根据海的各种不同特征和方面而产生的许多名字：伽勒涅是“平静”、库姆托厄是“波浪”、斐鲁萨和狄拉墨涅是速度和力量。——英译者

忒弥斯托、普罗诺厄、心灵像她不死的父亲的涅墨耳提斯。[①] 以上这五十位神女都是擅长技艺，无可指责的涅柔斯的女儿。

陶马斯和深深洋流俄刻阿诺斯之女厄勒克特拉结为夫妻，生了快速的伊里斯和长发的哈耳皮厄。哈耳皮厄是两个神，一个名叫埃洛（急风暴雨），另一个名叫俄库珀忒（快飞者），她们有翅膀，能和疾风飞鸟比速度，快得像飞逝的时光。

刻托给福耳库斯生下了面孔迷人的格赖埃姐妹，她们一生下来就头发灰白。不死的神灵和大地上的人类都叫她们格赖埃。她们是衣着华丽的彭菲瑞多和袍色橘红的厄倪俄。刻托和福耳库斯还生了戈耳戈。戈耳戈居住在光荣大洋俄刻阿诺斯的彼岸——嗓音清晰的赫斯佩里得斯姊妹也住在这里——与黑夜之地相接的地方。她们是斯忒诺、欧律阿勒和命运悲惨的墨杜萨。墨杜萨是会死的凡人，斯忒诺和欧律阿勒则长生不老。黑发波塞顿曾和墨杜萨躺在一块鲜花盛开的草地上睡觉。珀尔塞斯砍掉她的头颅后，从她的躯干里生出了高大的克律萨俄耳和神马佩伽索斯。佩伽索斯就是因为出生在大洋的源头（“佩加”）附近而得名。克律萨俄耳则是因为他有一把金剑（“克律斯”意为“金的”、“阿俄耳”意为“剑”）而得名。现在佩伽索斯飞离了地面——畜群之母，来到了不死的神灵中间，他住在宙斯的宫殿里，把霹雳和闪电传送到英明的宙斯手里。克律萨俄耳与光荣大洋神的女儿卡利罗厄相爱，生下了三个脑袋的巨人革律翁。大力的赫拉克勒斯穿过大

① 涅柔斯的五十位女儿是平静海洋的一切美好特点的象征，如景色迷人、波涛轻如少女的舞步，一定的季节适于航行时的景象等等，她们的性格都像她们的父亲。

洋的渡口，在光荣的俄刻阿诺斯彼岸的昏暗牧场上杀死了俄耳托斯[①]和牧人欧律提翁后，驱赶着宽额的牛群要去神圣梯林斯的那天，在四面环海的厄律提亚把革律翁杀死在他懒洋洋的牛群旁。

卡利罗厄在一个中空的山洞里还生了一个也是不可制服的怪物——凶残的神女厄客德娜。她既“不像会死的人类，也不似不死的神灵”，半是自然神女——目光炯炯、脸蛋漂亮，半是蟒蛇——庞大可怕、皮肤上斑斑点点。她住在神圣大地之下的隐僻之处，以生肉为食。在那个远离神灵和凡人的地方，在深深的地下一块中空的岩石下，她有一个洞穴，于是神灵就把那儿赐予她做光荣的寓所。可怕的厄客德娜，这个长生不老的自然神女就守卫在阿里玛[②]的地下。

传说，胆大妄为、不知法度的可怕的提丰和目光炯炯的少女厄客德娜相爱结合，使她怀孕生下凶残的后代。最先出生的是革律翁的牧犬俄耳托斯，后来又生了一个不可制服、难以名状的怪物刻耳柏罗斯——哈得斯的看门狗，长着五十个脑袋，吠声刺耳，力大残凶，以生肉为食。第三个出生的是心灵歹毒的勒尔纳水蛇许德拉，极端愤恨大力士赫拉克勒斯的白臂女神赫拉抚养了它。赫拉克勒斯是宙斯之子，安菲特律翁的养子。他遵照战利品攫取者雅典娜的意图，与好战的伊俄拉俄斯一起用无情的剑杀死了许德拉。厄客德娜还生了客迈拉，他呼气为火，高大可怕，身强力壮，快步如飞，长有三个头——一个是目光炯炯的狮首、一个是山羊之首、另

① 牧犬（双头怪兽）。

② 西里西亚的山区。

一个是蛇首或者说凶猛的龙首。〔上半身是一头猛狮，下半身是一条巨龙，身体中段像山羊，呼出来的是熊熊火焰。〕[①]佩伽索斯和高贵的柏勒罗丰杀死了它。厄客德娜又和俄耳托斯相爱，生下了可怕的斯芬克斯（它毁灭了卡德摩斯的后裔[②]）和涅墨亚的狮子。宙斯之贤妻赫拉养大了这头狮子，用它看守涅墨亚山林，结果给人们带来了灾难。它在那儿反而伤害赫拉自己的部落，称霸涅墨亚的特里托斯山和阿佩萨斯山，但是大力士赫拉克勒斯征服了它。

刻托和福耳库斯相爱结合，生下了她最小的孩子，即那个可怕的蛇妖[③]，它看守着阴暗大地漫长边界上的某个秘密地点的全金苹果。以上是刻托和福耳库斯的后代。

忒修斯给大洋神俄刻阿诺斯生下了水流湍急的诸河之神。他们是尼罗斯、阿尔甫斯、水深曲折的厄里达诺斯、斯特律门、马伊安得洛斯、溪流秀丽的伊斯忒耳、发西斯、瑞索斯、涡流银白的阿刻罗俄斯、涅索斯、诺狄攸斯、哈利阿科门、赫普塔波卢斯、格赖尼枯斯、埃塞浦斯、神圣的西摩伊斯、珀涅乌斯、赫耳穆斯、溪流秀丽的卡伊枯斯、长长的珊伽里乌斯、拉冬、帕耳忒尼俄斯、欧厄诺斯、阿耳得斯枯斯、神圣的斯卡曼得洛斯。[④]

他俩还生了一群神女，这些神女与发号施令的阿波罗和河神一道照管年轻人——宙斯分派她们这个任务。她们的名字是珀伊

---

① 沃尔夫（Wolf）认为这两行是多余的赘述，是从荷马史诗借用来的。见《伊利亚特》vi，181－2。——英译者

② “卡德摩斯的后裔”或译为“忒拜人”。

③ 即拉冬。见 214 行注。拉冬与 344 行拉冬河神同名。

④ 以上大洋神诸子都是河神，是当时希腊人所知道的一些著名河流的拟人化。如尼罗斯即埃及尼罗河神。

托、阿德墨忒、伊安忒、厄勒克特拉、多里斯、普律摩诺、形象似神的乌剌尼亚、希波、克吕墨涅、洛狄亚、卡利罗厄、宙克索、克吕提厄、伊底伊阿、派西托厄、普勒克索拉、伽拉克索拉、可爱的狄俄涅、墨罗玻西斯、托厄、漂亮的波吕多拉、体态优美的刻耳刻伊斯、目光温柔的普路托、珀耳塞伊斯、伊阿涅伊拉、阿卡斯忒、克珊忒、漂亮的珀特赖亚、墨涅斯托、欧罗巴、墨提斯、欧律诺墨、橘红色服装的忒勒斯托、克律塞伊斯、亚细亚、迷人的卡吕普索、欧多拉、提刻、安菲洛、俄库耳罗厄，以及她们的首领斯梯克斯。她们是大洋神和忒修斯最先出世的一批女儿，除此而外，大洋神和忒修斯还有许多女儿。大洋神有三千个美踝的女儿，她们分散在四面八方，虽然所居的地方不同，但都一样地服务于大地和海洋。她们都是光荣的神女。庄重的忒修斯给大洋神还生有许多其他的儿子——流动时潺潺作声的河流，凡人虽不易说出他们的名字，但可以依据他们不同的居地识别他们。

忒亚与许佩里翁相爱，生下魁伟的赫利俄斯（太阳），明亮的塞勒涅（月亮）和厄俄斯（黎明）。厄俄斯照耀大地上的万物和广阔天宇中的不死神灵。

欧律比亚爱上了克利俄斯，他们结合生下高大的阿斯特赖俄斯、帕拉斯和珀耳塞斯。珀耳塞斯是人类中的智慧超群者。

厄俄斯为阿斯特赖俄斯生下勇敢的风神：吹送乌云的泽费罗斯、快速的玻瑞阿斯和诺托斯①——一位配得上神灵爱慕的女神。

① 泽费罗斯是西风神，男性，带来雨水的暖风；玻瑞阿斯是北风神，男性；诺托斯是南风神，女性。

此后，厄里戈涅亚[①]又生下了启明星厄俄斯福洛斯（“带来黎明的”）和天神以之为王冠的闪闪群星。

大洋神之女斯梯克斯与帕拉斯结合，在内室里生下了泽洛斯（竞争）和美踝的尼刻（胜利）。她还生了克拉托斯（强力）和比亚（暴力）这两个出众的儿子。这两个神除了宙斯的家而外没有另外的家，也没有任何别的居留地；除了宙斯引导他们之外，他们也不去任何地方。他们时刻与雷神宙斯同止同行。须知，奥林波斯的闪电之神宙斯曾把所有不死神灵召集到绵延的奥林波斯山，宣布任何神只要随他对提坦作战，他就不革除其权利，让他们保有如前在神灵中所拥有的地位，凡是在克洛诺斯手下无职无权的神灵都将得到公正的职务和权利。不朽的斯梯克斯在其亲爱父亲的劝告下，带着孩子们最先来到奥林波斯山，宙斯称赞她，赠予她伟大的礼物，任命她监督诸神的重大誓言，并让她的子女永远与自己住在一起。宙斯完全履行了自己的诺言，但他自己也有力地统制主宰着他们。

福柏与科俄斯恋爱结合，怀孕生了爱穿黑色长袍的勒托。勒托性情温和，对人类和不死的神灵都和蔼友善，她一生下来就是如此，在奥林波斯诸神中她是最温柔的。福柏还生了名声很好的阿斯忒里亚。有一次珀耳塞斯把阿斯忒里亚领进他的高大房间，称她为爱妻。她怀孕生了赫卡忒——克洛诺斯之子宙斯最尊重的女神。宙斯赠赫卡忒以贵重的礼物，让她共有大地和不产谷物的海洋；她还在繁星点缀的天宇获得荣誉，极受永生众神的敬重。直到

① 厄里戈涅亚，意为“早晨生的”，即厄俄斯。

今天，无论什么时候人地上的任何一个人按照风俗奉献祭品和祈
求恩惠，都呼唤赫卡忒的名字。赫卡忒乐意接受谁的祈求，这人就
能轻易地多次得到荣誉；她还能给这人财富，因为她确有这种权 420
力。像地神和天神所生的众多后代一样，她在她们那些方面也都
有自己应有的一份。克洛诺斯之子从未伤害过她，也没有从她在
前辈的提坦神中所得到的一切里拿走任何东西。还和起初分配的 425
一样，她在大地、天空和海洋中拥有自己的一份。还因为她是阿斯
忒里亚的唯一孩子，所以她得到的荣誉不但没有减少，反而由于宙 428
斯对她的尊重而增加了很多。只要她乐意，她就能给谁很大的帮
助和很多的好处：如果她坐到令人敬佩、主持裁判的国王身旁，她 434
乐意帮助的那个人就会在法庭上惹人注目。人类之间若爆发毁灭 430
性的战争，这位女神就会来到战场上，让她乐意帮助的人获得胜
利，赢得荣誉。人类进行各种比赛时，她也是有益的，因为她也会 435
来到他们中间帮助他们。于是，凭能力赢得胜利的人将轻而易举
高高兴兴地获得贵重的奖品，并给父母带来光荣。她乐意站在决
心帮助的骑士身旁时，对他们也是有益的。她对那些在乌云密布 440
波涛翻滚的大海上谋生的人也是有益的，谁向她和震耳欲聋的地
震之神祈祷，这位光荣的女神就能轻而易举地让他大发其财；如果
她高兴，她也能易如反掌地使他瞬息间得而复失。她与赫尔墨斯 445
一起待在牛栏里也是有益的，能使家畜繁殖增产。如果她高兴，她
可以使牛羊由少变多或由多变少。因此，尽管她是自己母亲的唯
一孩子，但在所有永生神灵中受到尊敬。克洛诺斯之子分派她为 450
年轻人的抚育者，所有在那天之后用自己眼睛看见多识的黎明女
神的曙光的孩子们的教育者。因此，她一开始便是年轻人的抚育

者。以上这些都是赫卡忒的荣誉。

瑞亚被迫嫁给克洛诺斯为妻，为他生下了出色的子女：赫斯提亚[1]、德墨特尔、脚穿金鞋的赫拉、冷酷无情住在地下的强大的哈得斯，震动大地轰隆作响的波塞顿和人类与诸神之父英明的宙斯——其雷声能够震动广阔的地面。每个孩子一出世，伟大的克洛诺斯便将之吞食，以防其他某一骄傲的天空之神成为众神之王；因为克洛诺斯从群星点缀的乌兰诺斯和地神该亚那里得知，尽管他很强大，但注定要为自己的一个儿子所推翻[2]。克洛诺斯因此提高警惕，注意观察，把自己的孩子吞到肚里。其妻瑞亚为此事悲痛不已。诸神和人类之父宙斯将要出世时，瑞亚恳求自己亲爱的父母——头戴星冠的乌兰诺斯和地神该亚，替她想个办法，以便把这个亲爱的孩子的出世瞒过，让他将来推翻强大狡猾的克洛诺斯，为天神乌兰诺斯和被吞食的孩子们报仇。他们俩爽快地听从了爱女的建议，把关于克洛诺斯及其勇敢儿子注定要发生的一切告诉了她。在她快要生下最小的儿子、强大的宙斯时，他们把她送到吕克托斯——克里特岛上的一个富庶的村社。广阔的大地从瑞亚手里接过宙斯，在广大的克里特抚养他长大。在黑夜的掩护下，地神首先带着他迅速来到吕克托斯，抱着他在森林茂密的埃该昂[3]山中找到一处偏僻的秘密地下洞穴，将他藏在这里。之后，瑞亚把一块大石头裹在襁褓中，送给强大的统治者天神之子，诸神之前王

① 灶神。

② 接下来的一行诗“通过伟大宙斯的计谋”，被沃尔夫等许多专家所怀疑，这里略去。

③ 意译“羊山”，克里特岛伊迪山脉的一段。

克洛诺斯。他接过襁褓，吞进腹中。这个倒霉的家伙！他心里不知道吞下去的是石块，他的儿子存活下来，既没有被消灭，也没有受到威胁。这个儿子不久就要凭强力打败他，剥夺他的一切尊荣，取而代之成为众神之王。

那以后，这位王子的气力和体格迅速增长。随着时间的推移，狡猾强大的克洛诺斯被大地女神的巧妙提议所蒙骗，重新抚养这个儿子，〔被这个儿子用计谋和武力所征服，〕[①]他首先吐出了那块最后吞下的石头。宙斯将这块石头安放在道路宽广的大地上，帕耳那索斯幽谷中风景优美的皮托，以后给凡人作为信物和奇迹。[②]宙斯释放了天神之子他父亲的兄弟们，这些神曾被他父亲愚蠢地捆绑起来，现在他解开了他们身上可怕的绳索。他们不忘感谢他的好意，赠给他闪电和霹雳；而此前，庞大的地神曾把它们藏过。宙斯倚靠它们统治着神灵和凡人。

伊阿佩托斯娶大洋神之女、美踝的克吕墨涅为妻，双双同床共枕。克吕墨涅给他生下了勇敢无畏的阿特拉斯，以及十分光荣的墨诺提俄斯、足智多谋的普罗米修斯、心不在焉的厄庇米修斯。厄庇米修斯当初娶宙斯创造的少女(潘多拉)为妻，开始给以五谷为食的人类带来了灾难。墨诺提俄斯残暴凶狠，目光看得见远处的宙斯用可怕的霹雳轰击他，把他抛入厄瑞玻斯(黑暗)，因为他十分傲慢，过于放肆。阿特拉斯在大地的边缘，站在嗓音清晰的赫斯珀里得斯姊妹面前，用不倦的头颅和双臂无可奈何地支撑着广大的

① 海因(Heyne)否认此行诗，因与上下文不符，有碍通顺。——英译者

② 波舍尼阿斯(x. 24. 6)说，曾在尼俄普托勒摩斯墓附近看到过“一块不大的石头”，德尔菲人每天在其上涂油，它被认为就是克洛诺斯吞食的那块石头。——英译者

天宇——英明的宙斯为他安排了这个命运。宙斯用挣脱不了的绳索和无情的锁链捆绑着足智多谋的普罗米修斯，用一支长矛剖开他的胸膛，派一只长翅膀的大鹰停在他身上，不断啄食他那不死的肝脏。虽然长翅的大鹰整个白天啄食他的肝脏，但夜晚肝脏又恢复到原来那么大。美踝的阿尔克墨涅的勇敢之子赫拉克勒斯杀死了这只大鹰，让这位伊阿珀托斯之子摆脱了它的折磨，解除了痛苦——这里不无奥林波斯之王宙斯的愿望。为此，忒拜出生的赫拉克勒斯在丰产大地上的声誉更胜以往。宙斯考虑到这给他那卓越儿子带来的荣誉，尽管对普罗米修斯仍然很气愤，但还是捐弃了前嫌——那是由于普罗米修斯竟与他这位克洛诺斯的万能之子比赛智慧而产生的愤怒。事情是这样：当初神灵与凡人在墨科涅发生争执，普罗米修斯出来宰杀了一头大牛，分成几份摆在他们面前。为想蒙骗宙斯的心，他把牛肉和肥壮的内脏堆在牛皮上，放在其他人面前，上面罩以牛的瘤胃，而在宙斯面前摆了一堆白骨，巧妙堆放之后蒙上一层发亮的脂肪，这时凡人和诸神之父对他说：

“伊阿珀托斯之子，最光荣的神灵，亲爱的朋友，你分配得多么不公平啊！”

智慧无穷的宙斯这样责备了他。但是，狡猾的普罗米修斯微微一笑，没忘记诡诈的圈套，说：

“宙斯，永生神灵中最荣耀、最伟大者，你可以按照自己的心愿，随便挑取任何一份。”他这样说着，心里却想着自己布置的圈套。智慧无穷的宙斯看了看，没有识破他的诡计，因为他这时心里正在想着将要实现的惩罚凡人的计划。宙斯双手捧起白色脂肪时，看到了巧妙布置用以欺骗他的白骨，不由得大怒起来——正是由于这次事件，以后大地上的凡人遂在芳香的圣坛上焚烧白骨献祭神灵。但是驱云神宙斯大为恼怒，对他说道：

“伊阿珀托斯之子，聪敏超群的朋友！你仍然没有忘记玩弄花招！”

智慧无穷的宙斯愤怒地说了这番话。此后，他时刻谨防受骗，不愿把不灭的火种授予居住在地上的墨利亚[①]的会死的人类。但伊阿珀托斯的高贵儿子瞒过了他，用一根空茴香杆偷走了远处即可看见的不灭火种。高处打雷的宙斯看到人类中有了远处可见的火光，精神受到刺激，内心感到愤怒。他立即给人类制造了一个祸害，作为获得火种的代价。按照克洛诺斯之子的愿望，著名跛足神用泥土塑造了一位腼腆的少女形象，明眸雅典娜给她穿上银白色的衣服，亲手把一条漂亮的刺绣面纱罩在她的头上〔帕拉斯·雅典娜还把用刚开的鲜花编成的美丽花环套在她头颈上〕[②]，还用一条金带为她束发，这是著名跛足神为讨好其父而亲手制作的礼物。这发带是一件非常稀罕的工艺品，看上去美极了。因为这位匠神把陆地上和海洋里生长的大部分动物都镂在上面，妙极了，好像都是活的，能叫出声音，还闪烁着灿烂的光彩。

匠神既已创造了这个漂亮的灾星报复人类获得火种，待他满意于伟大父亲的明眸女儿给这少女的装扮后，便把她送到别的神灵和人类所在的地方。虽然这完全是个圈套，但不朽的神灵和会

① 有位注释家解释说：“或因为人类生自墨利亚自然神女（灰树神女）（参见187行）；或因为他们出生后住在灰树之下，即树下。”这种解释可能是说人类起源于灰树。参见《工作与时日》145行和注释。

② 576—577行，看来属于另一不同的修订本。——英译者

死的凡人见到她时都不由地惊奇，凡人更不能抵挡这个尤物的诱惑。

她是娇气女性的起源，〔是可怕的一类妇女的起源，〕[1]这类女人和会死的凡人生活地一起，给他们带来不幸，只能同享富裕，不能共熬可恨的贫穷。就像有顶盖的蜂箱里的工蜂供养性本恶的雄蜂一样——工蜂白天里从早到晚采花酿蜜，为贮满白色蜂房而忙碌不停，雄蜂却整天待在蜂巢里坐享别的蜜蜂的劳动成果——在高空发出雷电的宙斯也把女人变成凡人的祸害，成为性本恶者。为了报复人类获得火种，他又给人类制造了第二个灾难：如果有谁想独身和逃避女人引起的悲苦，有谁不愿结婚，到了可怕的晚年就不会有人供养他；尽管他活着的时候不缺少生活资料，然而等他死了，亲戚们就会来分割他的遗产。如果一个人挑选了结婚的命运，并且娶了一个称心如意的妻子，那么对于这个男人来说，恶就会不断地和善作斗争；因为如果他不巧生了个淘气的孩子，他就会下半辈子烦恼痛苦得没完没了。这种祸害是无法排除的。

因此，欺骗宙斯和蒙混他的心志是不可能的。即使像伊阿珀托斯之子、善良的普罗米修斯那么足智多谋，也没有能逃脱宙斯的盛怒，且受到了他那结实锁链的惩处。

当初乌兰诺斯讨厌他的孩子布里阿瑞俄斯、科托斯和古埃斯，忌妒他们超凡的勇气、惊人的美貌和高大的身材，竟残忍地将他们捆绑起来，流放到道路宽阔的大地的下面。他让他们长期住在陆地的末端，这大地的边缘，在那里受尽折磨，十分痛苦，内心极其悲

① 590—591 行，属于不同的修订本。——英译者

伤。但是，宙斯联合浓发瑞亚与克洛诺斯所生的其他不死神祇，按照大地女神该亚的忠告，把他们重新带到阳光普照的地上世界。该亚亲自向众神详细叙述一切，包括如何借助他们三人的力量赢得胜利和值得自豪的荣誉。因为这时提坦神与克洛诺斯的所有子女之间所进行的苦战已持续很长时间，双方都筋疲力尽。高傲的提坦神以高耸的俄特里斯山[①]为基地，浓发瑞亚和克洛诺斯所生的致善之神以奥林波斯山为基地。他们彼此满怀愤怒，那时战争已整整持续十年，由于势均力敌，胜负仍然未分。但在宙斯让布里阿瑞俄斯、科托斯和古埃斯三人吃了诸神的琼浆和玉食之后，他们那高傲的灵魂便复活了；于是人类和众神之父宙斯对他们说：

“告诉你们，荣耀的天地之子，现在我可以说心里话了。我们这些克洛诺斯的后代和提坦神彼此为了赢得胜利和抢占上风，每天打仗，已经打了很长时间。现在由于我们的救助，解开了残酷的镣铐，你们才摆脱了痛苦，从阴暗的地下回到了光明的世界。如果你们不忘我们的友好情意，为什么不显示你们强大的威力和不可征服的力气，对提坦神激战一场呢？”

宙斯说到这里，无可指责的科托斯答道：“众神之王，你的意思我们明白。我们也知道你的智慧和理解能力超群出众，你是帮助神灵逃离阴冷地狱的救星。啊，众神之王，克洛诺斯之子，由于你的运筹，我们摆脱了无情的枷锁，离开了阴暗可怕的地狱，享受到了以前得不到的幸福。因此，现在我们决定加入你们与提坦神的艰苦战争，坚定不移认真对待，在可怕的战争中支援你们。”

① 帖撒利亚南部山脉。

科托斯说完，致善之神拍手称快，他们的战斗热情空前高涨。那一天，所有神灵包括男神和女神都鼓动继续进行可怕的战争。提坦神如此，克洛诺斯的所有子女和宙斯从地下厄瑞玻斯救到光明世界的三位力大无穷的强大神灵也是如此。所有这三位神灵都同样肩上长有一百只臂膀，结实的肢体上长有五十个脑袋。这时，三个神灵手拿巨大的石块，向提坦神发起猛烈攻击。在另一方，提坦神起劲地加强自己的阵线。他们双方都同时拿出了自己的本领和力气。无边的海洋在周围咆哮，大地砰然震响；宽广的天宇在摇动中呻吟，高耸的奥林波斯山因永生神灵的猛攻而摇晃；在可怕的攻击中，沉重的脚步声和投石的沉重落地声波及阴暗的塔耳塔罗斯。双方彼此放箭，两军呐喊之声直冲云霄；短兵相接，厮杀声震天动地。

这时，宙斯也不再控制自己了。他满腔怒火，立刻使出全身力气，从天宇和奥林波斯山抛出他的闪电。沉重的霹雳迅即冲出他那壮实的大手，雷声隆隆、电光闪闪，卷起猛烈的火焰。孕育生命的大地在燃烧中塌裂，无边的森林在烈火中发出巨大的爆裂声。整个地面、大洋神的河流、不产果实的大海都沸腾了。灼热的蒸气包围了大地所生的提坦族，无边的火焰一直窜到了明亮的高空，雷电的耀眼闪光刺瞎了所有强壮提坦神的眼睛。在这惊人的热浪中，世界走向了混沌。举目看这火光，侧耳听这声音，大地和广阔的高天好像合二为一；因为这样大的声音只能在大地走向毁灭，天神把大地从高空摔下时才会发出。现在之所以有这样巨大的撞击声，那是因为神灵们正在短兵鏖战，难解难分。还有风浪吹来了地震的隆隆声和风暴般的灰尘，吹来了电闪雷鸣和可怕的霹雳——伟大宙斯的箭镞；风浪还把铿锵声、厮杀声吹进两军之间。恐怖的战争响起了一阵可怕的轰隆声，较量已分高低，胜负已露端倪。但是就到这时，他们还有相互攻击，残酷的争斗还在继续进行。

好战的科托斯、布里阿瑞俄斯和古埃斯排在最前面，他们的攻势猛烈。三百块大石，一块接一块地从他们强壮的大手里投出，压倒了提坦神的火力。凭着无比的勇敢和巨大的力气征服了提坦族之后，他们将之抛入道路宽阔的大地下面的塔耳塔罗斯，用不堪忍受的铁链把提坦神锁在那里。塔耳塔罗斯与大地相距很远，从大地到下面的塔耳塔罗斯和从大地到上面的天空有相等的距离。一个铜砧从天宇掉下，要经过九天九夜，于第十天才能到达大地；它从大地再往下掉，也要经过九天九夜，于第十天才能到达塔耳塔罗斯。塔耳塔罗斯周围有一道青铜栅栏，夜幕三重如项圈一般包围着它，大地和不产果实的海洋之根就生在其上。根据驱云神宙斯的主意，提坦神被困在那里，阴暗的地下，大地末端一块阴暗潮湿的地方。波塞顿装上青铜大门，还有一道高墙环绕四周。古埃斯、科托斯和大胆的布里阿瑞俄斯住在那儿，充当神盾持有者宙斯的忠实看守人。因而提坦们插上翅膀也难以逃离此地。

按照顺序排列，那儿是阴暗的大地，黑暗的塔耳塔罗斯，不产谷物的海洋和繁星点缀的天宇之源头和归宿，这是个潮湿难忍，连神灵都厌恶的地方。它是一条巨大的深渊，人一旦落入其内，要想回到地面，就得花上一整年，一阵阵凶恶的狂风把他往这里那里乱吹。这个怪物连不死的神灵也望之生畏。黑暗夜神的可怕的乌云遮盖的家在这里。伊阿珀托斯之子[①]巍然屹立在它前面，用头和不倦的双手支撑着广大的天宇，白天和黑夜往这里相向走近，在跨越巨大的青铜门槛时互相致意：一方即将下到屋内，另一方则正要外出走到门口。他们俩从不共居此室，总是一方在外走在大地之上时，另一方则待在屋里等待自己的出游时刻；一方正为大地上的人类带来照见一切的光亮时，另一方，即身裹云雾的可怕夜神则正把死神之弟睡神搂抱在怀里。

黑暗夜神之子——可怕的睡神和死神也住在这儿。金光闪闪的太阳神无论在升上天空时，还是在从天空下行时，从不用亮光照向他们。睡神和平地漫游陆地和宽阔的海面，对人类友好和善；死神则心如铁石，性似青铜，不知怜悯，无论什么人，他只要一抓住，就决不放手。即使不死的神灵看见他也恼恨。

下界之神强大的哈得斯和可怕的珀耳塞福涅也住在那儿，他们的回音殿堂坐落其前。一只可怕的恶狗守在屋前，它凶残诡诈。它摇头摆尾讨好逢迎人们进去，却阻止他们返回。它密切警戒，谁要想走出〔强大的哈得斯和可怕的珀耳塞福涅的〕[②]大门，就会被它抓住吞食。

回流[③]大洋俄刻阿诺斯的长女——不死的神灵所厌恶的神女，可怕的斯梯克斯也住那儿。她远离众神，有自己华贵的住房，屋顶用巨大的岩块砌成拱形，四周银柱高耸入云。陶马斯之女、捷足的伊里斯难得飞过广阔的海面来给她传信。但当神灵之间发生

---

① 阿特拉斯，肩扛天宇的提坦神。

② 此行（与768行重复）不见于较善的抄本。

③ 俄刻阿诺斯被看做是环绕陆地和海洋的环流，因此最后又流回到自身。

争吵和冲突，或奥林波斯的任何一位神灵说谎时，宙斯便派伊里斯用一只金杯，不远万里来装诸神的伟大誓言，即从一块高高突起的岩石上淌下来的著名冷水。在道路宽阔的大地之下很深的地方，俄刻阿诺斯有一条支流从这条神圣的大洋河发源流经黑夜，她的水量占整个大洋的十分之一。大洋有九条漩涡银白的支流环绕大地和广阔的海面，最后汇入“主流”①，但是第十条支流发源于一块岩石，它是诸神的忌讳，白雪皑皑的奥林波斯诸神无论谁用此水浇奠，若发了伪誓，他就会没有气息地躺上整整一年，永不起来尝那玉食琼液，昏昏沉沉地躺在一张铺好的床上，恍恍惚惚，不言不语。漫长的一年病态结束后，接下来还有一段更苦的修行。他要整整九年与永生神灵断绝联系，永不参加他们的会议或宴饮。到了第十年，他才重新加入奥林波斯不死诸神的聚会。诸神曾任命斯梯克斯河永恒的原始流水为这种誓约，——它流经一段多石的地方。

阴暗的大地，黑暗的塔耳塔罗斯，不产谷物的海洋以及繁星点缀的天庭之源头和归宿，一切按照顺序排列在那儿。那地方潮湿可憎，连神灵都厌恶。那儿有锃亮的大门和根基无穷、自身生成的不可移动的青铜门槛②。提坦们住在门槛那边，阴暗混沌、远离众神的地方。喊声震天动地的宙斯之光荣盟友科托斯和古埃斯住在大洋根基之上；布里阿瑞俄斯英勇豪爽，浪大流深的地震之神选他做了女婿，把他的女儿库墨珀勒亚嫁给了他。

① 俄刻阿诺斯的概念在这里有所不同：他有九条环绕大地的支流最后汇合成一条大河，再注入“主流”。根据早期希腊人和希伯来人的宇宙观，这条“主流”似乎就是圆盘似的大地漂浮在上面的那个汪洋大海。——英译者

② 门槛由非人工的，即“自生”的金属构成。——英译者

宙斯把提坦们赶出天庭之后，庞大的该亚在金色阿佛洛狄特的帮助下，与塔耳塔罗斯相爱，生下她最后一个孩子提丰。提丰身强力壮，干起活来双手总有使不完的力气，双脚不知什么是疲倦。他是一条可怕的巨蟒，肩上长有一百个蛇头，口里吐着黝黑的舌头。在他奇特的脑袋上、额角下、眼睛里火光闪烁；怒目而视时，所有的脑袋上都喷射出火焰。他所有可怕的脑袋发出各种不可名状的声音；这些声音有时神灵能理解，有时则如公牛在怒不可遏时的大声鸣叫，有时又如猛狮的吼声，有时也如怪异难听的狗吠，有时如回荡山间的嘘嘘声。若不是人类和众神之父宙斯及时察觉，有一天真会发生不可挽回的事情，即开始由他统治不死的神灵和会死的人类。但是，宙斯扔出沉重有力的霹雳，周围的大地、上面的天宇、大海、洋流和冥土都因之震颤。神王进攻时，高大的奥林波斯山在他不朽的脚下摇晃，大地为之呻吟。由于宙斯雷霆和闪电的轰击、怪物火焰的喷射、灼热的风和闪光的霹雳，深蓝色的海洋上笼罩着火样的热气，整个大地、海洋和天空都在沸腾。永生神灵冲锋陷阵时，惊涛骇浪直扑海滩，海岸震颤不已。由于呐喊声不绝、可怕的冲突未休，统治亡灵的哈得斯在下界也胆战心惊，和克洛诺斯一起住在塔耳塔罗斯的提坦们也不寒而栗。宙斯使出浑身力气紧握武器——雷霆、闪电和惊人的霹雳，从奥林波斯山跳起来轰击这个怪物，灼烧他所有怪异的头颅。宙斯征服提丰[1]之后，把他打成残废扔下天空，大地因之叫苦呻吟。这个被雷电重伤的统治者失败后，

① 据荷马史诗，提丰在西里西亚的阿里米人住地为宙斯所降服。品达认为，提丰被压在埃特那山之下。泽泽斯认为这里说的是埃特那。——英译者

在阴暗多石的山谷里[1]发射出火焰。可怕的热气灼烧着一大片土地，使之熔化，就像人工加热使锡在井口的坩埚里熔化一样，或如铁——万物中最坚硬的东西在山谷中被白热的火焰熔化，被赫淮斯特斯的火力溶化在地下一般。这时，甚至大地也被灼热的火焰熔化了。[2] 宙斯十分愤怒，将他扔进了广阔的塔耳塔罗斯。

除诺托斯、玻瑞阿斯和驱赶乌云的泽费罗斯这三个风神外，提丰也生了带来潮湿的诸狂风之神。前三种风是神赐的，造福于人类；狂风则是不定时横扫海面。有一类狂风肆虐于阴暗的海面，因季节不同而不同，猛烈不祥的阵风翻沉船只、溺死水手，给人类带来巨大的劫难。航海者碰上了它们，就无法逃脱灾难。另一类狂风吹过无边无际、繁花似锦的大地，损坏住在下面的农人的美好农田。在上面盖满尘土，发出残酷的尖叫声。

快乐神灵操劳完毕，用武力解决了与提坦神争夺荣誉的斗争；根据地神的提示，他们要求奥林波斯的千里眼宙斯统治管辖他们。于是，宙斯为他们分配了荣誉职位。

现在，诸神之王宙斯首先娶墨提斯为妻，她是神灵和凡人中最聪明的人。在她就要生产明眸女神雅典娜时，根据星光灿烂的乌兰诺斯和该亚的忠告，宙斯花言巧语地骗过了她，将她吞进了自己肚里。他们之所以建议宙斯这样做，是为了不让别的神灵代替宙斯取得永生神灵中的王位；因为墨提斯注定会生下几个绝顶聪明的孩子，第一个就是明眸少女特里托革尼亚[3]，她在力量和智慧两

① 作为火神。
② 解释火山活动。
③ 雅典娜之别名。

方面都与她的父王相等。但这之后，墨提斯将生一位傲岸的儿子做众神和人类之王。然而，宙斯抢先把她吞进了自己肚里，让这位女神可以替他出主意，逢凶化吉。

第二个，宙斯娶了容光照人的忒弥斯为妻，生下了荷赖（时序三女神），即欧诺弥亚（秩序女神）、狄刻（正义女神）和鲜花怒放的厄瑞涅（和平女神）。这些女神关心凡人的工作。他俩还生了摩伊赖（命运三女神），英明的宙斯授予她们最高荣誉。这三位女神是克洛索、拉赫西斯和阿特洛泊斯，她们使人生有幸与不幸。

大洋神之女、长相漂亮的欧律诺墨为宙斯生了脸蛋可爱的美惠三女神——阿格莱亚、欧佛洛绪涅和讨人喜欢的塔利亚。她们顾盼之间含情脉脉，令人销魂荡魄。她们动人之处在于眉毛下的那双眼睛的秋波。

宙斯也和丰产的德墨特尔同床共枕，生下白臂女神珀耳塞福涅；哈得斯把她从其母身旁带走，英明的宙斯将她许配了他。

此外，宙斯与美发的谟涅摩绪涅相爱，生下九个发束金带的神女缪斯，她们都喜欢宴饮和歌唱。

勒托也在恋爱中与神盾持有者宙斯结合，生下喜欢射箭的阿波罗和阿尔忒密斯。他们是宙斯所有子女中最可爱的两个。

最后，宙斯娶赫拉做宠妻。她与这位神人之王相爱，为他生了赫柏、阿瑞斯和爱勒提亚①。

宙斯从自己头脑里生出明眸女神特里托革尼亚②。她是一位

---

① 生育之神，产妇的保护神，后来与阿尔密斯合一。

② 即雅典娜，出生于特里托河岸。参见 929[a] 以下。

可怕的、呼啸呐喊的将军，一位渴望喧嚷和战争厮杀的不可战胜的大王。赫拉没有和宙斯同房——因为她那时对宙斯十分生气，与他吵了架——生下了著名的赫淮斯托斯。他精于手工技艺，为宙斯的所有其他子女所望尘莫及。

〈①赫拉那时对宙斯十分生气，和他吵嘴。由于不和，赫拉未 929a
和神盾持有者宙斯结合便生下了一个光荣的儿子赫淮斯托斯。他
的手工技艺胜过宙斯的所有子女。但是，除赫拉外，宙斯还与俄刻
阿诺斯和忒修斯的脸蛋漂亮的女儿同床……骗过了墨提斯，虽然
她十分智慧。但是，宙斯双手抓住墨提斯，把她吞进了肚里。因为
他害怕她可能生出拥有比霹雳还要厉害的武器的孩子。因此，坐
在高山居于高空（埃忒耳）的宙斯突然将她吞下了。但墨提斯即刻
怀上了帕拉斯·雅典娜，人类和众神之父在特里托河岸上从自己
的头脑里生出了这个女儿。雅典娜之母、正义的策划者、智慧胜过
众神和凡人的墨提斯仍然留在宙斯的肚里。雅典娜女神在那地方 929q
接受了神盾②，有了它，她的力量便超过了住在奥林波斯的一切神
灵。〔这神盾成为雅典娜可怕的武器。〕宙斯生下雅典娜时，她便手 929s
持神盾，全身武装披挂。〉 929t

安菲特里忒和波涛喧嚣的摇动大地之神生下了身材庞大、统治广大水域的特里同，他拥有海的深处，和亲爱的母亲、海王父亲一起住在黄金做成的宫殿里。他是一个可怕的神灵。又，库忒瑞亚为阿瑞斯生下了刺破盾牌的惊慌神和恐惧神。他们是可怕的神

① 由 Peppmüller 复原。以下 19 行是 Chrysippus（在盖伦作品中）从另一修订本 889—900，924—929 行引来。

② 929s 行可能是伪托，因为与 929q 行说法不一致，含有对雅典娜的可疑描述。

灵，在城邦劫掠者阿瑞斯的帮助下，把阵前的敌军吓得溃逃。他们还生了哈尔摩尼亚，勇敢的卡德摩斯娶她为妻。

阿特拉斯之女迈亚睡上宙斯的圣床，为他生下永生诸神之信使——光荣的赫尔墨斯。

卡德摩斯之女塞墨勒与宙斯恋爱结合，生下一个出色的儿子，快乐的狄俄尼索斯。母亲是凡间妇女，儿子是神。现在两人同为神灵。

阿尔克墨涅与驱云之神宙斯恋爱结合，生了大力士赫拉克勒斯。

著名的跛足神赫淮斯托斯娶美惠三女神中年龄最小的阿格莱亚做他的妙龄妻子。

金发的狄俄尼索斯娶弥诺斯之女、棕色头发的阿里阿德涅做他的妙龄妻子。克洛诺斯之子使她永生不老。

美踝的阿尔克墨涅的勇敢儿子、大力士赫拉克勒斯在干完凄苦的劳役后，在白雪覆盖的奥林波斯山娶了伟大的宙斯和脚穿金鞋的赫拉之女赫柏为妻。他幸福了，因为他已经做完了伟大的工作，生活在永生神灵之中，无忧无虑，长生不老。

大洋神俄刻阿诺斯之女珀耳塞伊斯给永不疲倦的赫利俄斯生下了喀耳刻和国王埃厄忒斯。把光明带给人类的赫利俄斯的儿子埃厄忒斯，根据众神的意愿，娶了水流完善的大洋神之女、脸蛋漂亮的伊底伊阿为妻。金色阿佛洛狄特的神力使她陷入了对这位国王的爱恋之中，为他生了美踝的美狄亚。

现在该说再见了，你们，住在奥林波斯山上、岛屿上、大陆上和大海里的神灵们。现在，奥林波斯的歌声甜美的缪斯，神盾持有者宙斯的女儿们呀，来吧，歌唱一群神女，那些与凡间男人同床共枕、为他们生出神灵般子女的永生女神们吧！

聪明的女神德墨特尔在富饶的克里特一块犁过三次的休耕地上与英雄伊阿西翁欢乐结合，生下一位好心的神祇普路托斯。他走遍各地——陆地和广阔的海面——一路上让找到他的人或抓住他的人发财，给他们带来巨大的财富。

金色阿佛洛狄特之女哈尔摩尼亚，在城墙坚固的忒拜为卡德摩斯生下了伊诺、塞墨勒、脸蛋漂亮的阿高厄、与长头发的阿里斯泰俄斯结婚的奥托诺厄，还有波吕多洛斯。

大洋神之女卡利罗厄在金光闪闪的阿佛洛狄特的神力支配下，和坚强勇敢的克律萨俄耳恋爱结合，生下人类中最强的儿子革律翁，后来因为他的牛群拖沓不前而被大力士赫拉克勒斯杀死于四面环海的厄律提亚岛。

厄俄斯给提托诺斯生下埃塞俄比亚人的国王，头戴铜盔的门农和发号施令的厄玛提翁。她还给刻法罗斯[1]生下一个卓越的儿子——强壮的神一般的法厄同[2]；年少时，他娇嫩美丽、单纯可爱，爱笑的阿佛洛狄特捉住了他，让他夜晚守卫她的神龛，使他成为一个神的精灵。

根据诸神的意愿，那个埃宋之子在完成了伟大的国王傲慢的珀利阿斯——一个蛮横强暴的人——布置给他的艰苦的工作之后，根据诸神的意愿，把神类养育的国王埃厄忒斯的女儿从其父身

① 黎明女神厄俄斯的情人，俊美的猎人。

② 后来流传的神话说他是太阳神之子。

旁带走了。埃宋之子完成了长时间的艰苦工作之后，乘上快船，带着这位腼腆少女来到伊俄尔科斯，娶这妙龄少女为妻。她屈从于伊阿宋，嫁给了她，和他生了一个儿子墨多斯，菲吕拉之子喀戎在山中养大了他。伟大宙斯的意愿实现了。

在海上“长者”涅柔斯的女儿中，漂亮的普萨玛忒受到金色阿佛洛狄特的神力，与埃阿科斯相爱，给他生下了福科斯。脚穿银鞋的忒提斯屈从于珀琉斯，给他生下了杀人无数的狮子般勇猛的阿喀琉斯。

头冠漂亮的库忒瑞亚和英雄安喀塞斯在甜蜜的恋爱中结合在森林茂密、峡谷众多的伊达山峰生下埃涅阿斯。

许佩里翁之子赫利俄斯的女儿喀耳刻，钟情于意志坚定的奥德修斯，给他生下阿格里俄斯和无可指责的、强大有力的拉丁努斯。〔按照金色阿佛洛狄特的安排她还生了忒勒戈诺斯。〕①他们统治着神圣岛屿深处的著名的图伦尼亚人②。

聪明的神女卡吕普索和奥德修斯在甜蜜的恋爱中结合，生下了瑙西托俄斯和瑙西洛俄斯。

以上就是那些与凡间男人同床共枕、为凡人们生育了神一样后代的神女们。

现在，奥林波斯的歌声甜美的缪斯，神盾持有者宙斯的女儿们，下面请你们歌唱一群凡间的妇女吧。

---

① 有的抄本无此行。

② 即埃特鲁利亚人。古代意大利的主要居民之一。在罗马人居地西北。

附　　录

表中阿拉伯数字为《神谱》中的行数。一般只列出主要的一处，即可以看出他（或她）谱系关系的地方。括号中是《工作与时日》中的译名和行数。

希英汉希腊神名译名对照表

希腊文	行数	英文	汉文
		A	
᾿Αδμήτη	349	Admete	阿德墨忒
Αελλώ	267	Aëllo	埃洛
᾿Αθηνᾶ,᾿Αθήνη	13	Athene	雅典娜
Αἰήτης	957	Aeëtes	埃厄忒斯
Αἰακός	1005	Aeacus	埃阿科斯
Αἰνείας	1008	Aeneas	埃涅阿斯
Αἰθήρ	124	Aether	埃忒耳
Αἴσηπος	342	Aesepus	埃塞浦斯
῞Αιδης,ἅδης	311(153)	Hades	哈得斯
᾿Ακάστη	356	Acaste	阿卡斯忒
᾿Ακταίη	249	Actaea	阿克泰亚
᾿Αγαυή	977,247	Agaue	阿高厄
᾿Αγχίσες	1009	Anchises	安喀塞斯
᾿Αγλαΐη	909	Aglaea	阿格莱亚
᾿Αγριος	1013	Agrius	阿格里俄斯
᾿Αλφειός	338	Alpheus	阿尔甫斯
᾿Αλιμήδη	255	Alimede	哈利墨德
῾Αλιάκμων	341	Haliacmon	哈利阿科门
῾Αλίη	245	Halie	哈利厄
᾿Αλκμήνη	526	Alcmene	阿尔克墨涅

'Αμφιτρύων	317	Amphitryon	安菲特律翁
'Αμφιτρίτη	243	Amphitrite	安菲特里忒
'Απόλλων(Φοῖβος)	13	Phoebus Apollo	福玻斯·阿波罗
Ἄργης	140	Arges	阿耳戈斯
Ἄργος	(77)	Argus	阿尔古斯
Ἅρπυιαι	267	Harpies	阿耳皮厄
'Αρμονίη	937	Harmonia	哈耳摩尼亚
'Αρισταῖος	977	Aristaeus	阿里斯泰俄斯
Ἄρτεμις	15	Artemis	阿尔忒密斯
'Αριάδνη	947	Ariadne	阿里阿德涅
Ἄρδησκος	345	Ardescus	阿耳得斯枯斯
'Ασίη,'Ασία	359	Asia	亚细亚
'Αστραῖος	376	Astraeus	阿斯特赖俄斯
'Αστερίη,'Αστερία	409	Asteria	阿斯忒里亚
Ἄτλας	509	Atlas	阿特拉斯
Ἄτροπος	218,905	Atropos	阿特洛佩斯
Αὐτονόη	258,977	Autonoë	奥托诺厄
'Αμφιρώ	360	Amphirho	安菲洛
'Αφροδίτη	195,17	Aphrodite	阿佛洛狄特
'Αχιλλεύς	1007	Achilles	阿喀琉斯
'Αχελώιος	341	Achelous	阿刻罗俄斯

B

Βελλεροφῶν	325	Bellerophon	柏勒罗丰
Βίη	385	Bia	比亚
Βορέας 或 Βορέης	379(506)	Bereas	玻瑞阿斯(北风神)
Βρόντης	140	Brontes	布戎忒斯
Βριάρεως	149	Briareos	布里阿瑞俄斯

Γ

Γαῖα,Γῆ	117	Earth	该亚
Γαλάτεια	250	Galatea	伽拉泰亚
Γαλαζαύρη	353	Galaxaura	伽拉克索拉
Γαλήνη	244	Galene	伽勒涅
Γηρυών	288	Geryones	革律翁
Γίγαντες	185	Giants	癸干忒斯
Γλαυκονόμη	256	Galauconome	格劳科诺墨
Γλαύκη	244	Glauce	格劳刻
Γύης	149	Gyes	古埃斯
Γοργώ或 Γοργών	274	Gorgons	戈耳戈
Γραίαι	270	Graiae	格赖埃

Γρήνικος	342	Granicus	格赖尼枯斯

Δ

Δημήτηρ	454(465)(300)	Demeter	德墨特尔(地母神)
Διώνη	353,17	Dione	狄俄涅
Διός		of Zeus	宙斯的
Διώνυσος	941(614)	Dionysus	狄俄尼索斯
Δίκη	902(256)	Dike	狄刻(正义女神)
Δυναμένη	248	Dynamene	狄拉墨涅
Δωρίς	241	Doris	多里斯
Δωτώ	248	Doto	多托

E

Εἰρήνη	902	Eirene	厄瑞涅
Εκάτη	411	Hecate	赫卡忒
Ενυώ	273	Enyo	厄倪俄
'Επιμηθεύς	511(85)	Epimetheus	厄庇米修斯
'Επτάπορος	341	Heptaporus	赫普塔波卢斯
Ἔρεβος	123	Erebus	厄瑞玻斯
'Ερινύες	185	Erinyes	厄里倪厄斯
Ἔρις	225(11)	strife	不和女神，厄利斯
Ἐρος	120	Eros	厄罗斯
'Ερατώ	78	Erato	厄刺托
'Ερμῆς('Ερμείης)	938(68)	Hermes	赫尔墨斯
Ἕρμος	343	Hermus	赫耳穆斯
'Εσπερίδες	518	Hesperides	赫斯佩里得斯
Εὐρυτίων	293	Eurytion	欧律提翁
Εὐδώρη	244	Eudora	奥多拉
Εὐτέρπη	77	Euterpe	欧忒耳佩
Εὐνομίη	902	Eunomia	欧诺弥亚
Εὐφροσύνη	909	Euphrosyne	欧佛洛绪涅
Εὔηνος	345	Euenus	欧厄诺斯
Εὐλιμένη	247	Eulimene	欧利墨涅
Εὐαγόρη	257	Euagore	欧阿革瑞
Εὐνίκη	246	Eunice	欧里刻
Εὐάρνη	259	Euarne	欧阿涅
Εὐρώπη	357	Europa	欧罗巴
Εὐρυνόμη	358	Eurynome	欧律诺墨
Εὐπόμπη	261	Eupompe	欧波摩珀
Εὐρυβίη	239	Eurybia	欧律比亚
Εὐρυάλη	276	Euryale	欧律阿勒

Εὐκράντη	243	Eucrante	欧克拉忒
Ἔχιδνα	297	Echidna	厄客德娜
Ἑωσφόρος	381	Eosphorus	厄俄斯福洛斯

Z

Ζέφυρος	379(594)	Zephyrus	泽费罗斯(西风神)
Ζευξώ	352	Zeuxo	宙克索
Ζεύς	11	Zeus	宙斯
Ζῆλος	384	Zelus	泽洛斯

H

Ἥβη	17	Hebe	赫柏
Ἠελίος	371,19	Helios	赫利俄斯
Ἠιόνη	255	Eïone	厄俄涅
Ἠλέκτρα	266,349	Electra	厄勒克特拉
Ἡμέρη	124	Day	赫莫拉
Ημαθίων	985	Emathion	厄玛提翁
Ἡρακλῆς	289	Heracles	赫拉克勒斯
Ἥρη 或 Ἥρα	11	Hera	赫拉
Ἠριδανός	338	Eridanus	厄里达诺斯
Ἠριγένεια	381	Erigeneia	厄里戈涅亚
Ἥφαιστος	927,945(60)	Hephaestus	赫维斯托斯
Ἠώς,Ἕως	372,18	Eos	厄俄斯

Θ

Θαλίη	909	Thaleia	塔利亚
Θάλεια	77	Thaleia	塔利亚
Θαύμας	237	Thaumas	陶马斯
Θεία	135	Theia	忒亚
Θέμις	135	Themis	忒弥斯
Θέτις	244,1006	Thetis	忒提斯
Θεμιστώ	261	Themisto	忒弥斯托
Θόη	245	Thoë	托厄

I

Ἰάνθη	349	Ianthe	伊安忒
Ἰάνειρα	356	Ianeira	伊阿涅伊拉
Ἰαπετός	134,18	Iapetus	伊阿佩托斯
Ἰασίων	970	Iasion	伊阿西翁

Ἰδυῖα	352	Idyia	伊底伊阿
Ἰήσων, Ἰάσων	1000	Iason	伊阿宋
Ἵμερος	64	Himerus	愿望之神
Ἰνώ	976	Ino	伊诺
Ἰόλαος	317	Iolaus	伊俄拉俄斯
Ἱππώ	351	Hippo	希波
Ἱπποθόη	251	Hippothoë	希波托厄
Ἱππονόη	251	Hipponoë	希波诺厄
Ἶρις	266	Iris	伊里斯
Ἴστρος	340	Ister	伊斯忒耳
Ἱστίη	454	Hestia	赫斯提亚

K

Καλυφώ	359	Calypso	卡吕普索
Κάικος	343	Caicus	卡伊枯斯
Καλλιρόη	288	Callirrhoë	卡利罗厄
Κάδμος	326(162)	Cadmus	卡德摩斯
Καδμεῖοι		Cadmeans	卡德摩斯的后代
Καλυφώ	1017	Calypso	卡吕普索
Καλλιόπη	79	Calliope	卡利俄佩
Κέρβερος	311	Cerberus	刻耳柏罗斯
Κερκηΐς	355	Cerceïs	刻耳刻伊斯
Κεφάλος	986	Cephalus	刻法罗斯
Κητώ	238	Ceto	刻托
Κῆρες	217(92)	Fates	凯来斯(命运三女神)
Κλειώ	76	Cleio	克利俄
Κλεθώ	905,218	Clotho	克洛索
Κλυμένη	351	Clymene	克吕墨涅
Κλυτίη	352	Clytie	克吕提厄
Κίρκη	957	Circe	喀耳刻
Κοῖος	134	Coeus	科俄斯
Κόττος	149	Cottus	科托斯
Κράτος	385	Cratos	克拉托斯
Κριός	375	Crius	克利俄斯
Κρόνος	3	Cronos	克洛诺斯
Κρονίων		Son of Cronos	克洛诺斯之子
Κυθέρεια	196,198	Cytherea	库忒瑞亚
Κυπρογενέα	199	Cyprogenes	塞浦洛格尼亚
Κυμώ	255	Cymo	库摩
Κυμοθόη	245	Cymothoë	库姆托厄
Κυματολήγη	251	Cymatolege	库玛托勒革

Κυμοπόλεια	819	Cymopolea	库墨珀勒亚
Κυθέρεια	1008	Cytherea	库忒瑞亚
Κύκλωπες	139	Cyclopes	库克洛佩斯
Κυμοδόκη	252	Cymodoce	库摩多刻

Λ

Λαομέδεια	257	Laomedea	拉俄墨狄亚
Λάχεοις	905,218	Lachesis	拉赫西斯
Λατῖνος	1014	Latinus	拉丁努斯
Λάδων	344	Ladon	拉冬
Ληαγόρη	257	leagore	勒阿戈瑞
Λητώ	406,17	Leto	勒托
Λυσιάνασσα	258	Lysianassa	吕西阿娜萨

M

Μαίη	938	Maia	迈亚
Μαίανδρος	339	Meander	马伊安得洛斯
Μελίαι	187	Meliàe	墨利亚
Μέμνων	984	Memnon	门农
Μελίτη	247	Melite	墨利忒
Μέδουσα	276	Medusa	墨杜萨
Μενεσθώ	357	Menestho	墨涅斯托
Μενοίτιος	510	Menoetius	墨诺提俄斯
Μελπομένη	77	Melpomene	墨尔波墨涅
Μενίππη	260	Menippe	墨尼珀
Μῆτις	358	Metis	墨提斯
Μήδειος	1001	Medeus	墨多斯
Μήδεια	961	Medea	美狄亚
Μηλόβοσις	354	Melobosis	墨罗玻西斯
Μίνως	948	Minos	弥诺斯
Μνημοσύνη	54	Mnemosyne	谟涅摩绪涅
Μοίραι	904,217	Moerae	摩伊赖
Μοῦσαι	1,75(1)	Muses	缪斯

N

Ναυσίνοος	1018	Nausinoüs	瑙西洛俄斯
Ναυσίθοος	1017	Nausithoüs	瑙西托俄斯
Νεῖλος	338	Nilus	尼罗斯
Νέσσος	341	Nessus	涅索斯

Πολύδωρος	078	Polydorus	波吕多洛斯
Πουλυνόη	258	Polynoe	波吕诺厄
Ποντοπόρεια	256	Pontoporea	蓬托波瑞亚
Πόντος	132	Pontus	蓬托斯
Προμηθεύς	510	Prometheus	普罗米修斯
Πρυμνώ	350	Prymno	普律摩诺
Προνόη	261	Pronoë	普罗诺厄
Πρωτώ	248	Proto	普罗托
Πρωτομέδεια	249	Protomedea	普洛托墨狄亚

P

Ῥεία	13	Rhea	瑞亚
Ῥῆσος	340	Rhesus	瑞索斯
Ῥοδίος	341	Rhodius	洛狄攸斯
Ῥόδεια	351	Rhodea	洛狄亚

Σ

Σαώ	243	Sao	萨俄
Σαγγάριος	344	Sangarius	珊伽里乌斯
Σεμέλη	976	Semele	塞墨勒
Σελήνη	371,19	Selene	塞勒涅
Σθεννώ	276	Sthenno	斯忒诺
Σιμόεις	342	Simoïs	西摩伊斯
Σχάμανδρος	345	Scamander	斯卡曼得洛斯
Στύξ	361	Styx	斯梯克斯
Στρυμόν	339	Strymon	斯特律门
Στερόπης	140	Steropes	斯忒罗佩斯
Στειώ	245	Speo	斯佩俄
Σφίνξ	327	Sphinx	斯芬克斯

T

Τάρταρος	120	Tartarus	塔耳塔罗斯
Τερψιχόρη	78	Terpsichore	忒耳普霍瑞
Τελεστώ	358	Telesto	忒勒斯托
Τηλέγονος	1014	Telegonus	忒勒戈诺斯
Τηθύς	136	Tethys	忒修斯
Τρίτων	931	Triton	特里同
Τριτογένεια	895	Tritogeneia	特里托革尼亚
Τύχη	360	Tyche	提刻

汉希英希腊神名译名对照表

汉文	行数	希腊文	英文
		三　画	
门农	984	Μέμνων	Memnon
马伊安得洛斯	339	Μαίανδρος	Meander
		四　画	
比亚	385	βίη	Bia
戈耳戈	274	Γοργώ 或 Γοργών	Gorgons
厄倪俄	273	Ἐνυώ	Enyo
厄拉托	246	Ἐρατώ	Erato
厄俄涅	255	Ἠιόνη	Eïone
厄俄斯	372,18	Ἠώς, Ἕως	Eos
厄罗斯	120	Ἔρος	Eros
不和女神,厄利斯	225(11)	Ἔρις	Strife
厄瑞涅	902	Εἰρήνη	Eirene
厄客德娜	297	Ἔχιδνα	Echidna
厄玛提翁		Ἠμαθίων	Emation
厄瑞玻斯	123	Ἔρεβος	Erebus
厄里达诺斯	338	Ἠριδανός	Eridanus
厄勒克特拉	266,349	Ἠλέκτρα	Electra
厄里戈涅亚	381	Ἠριγένεια	Erigeneia
厄里倪厄斯	185	Ἐρινύες	Erinyes
厄庇米修斯	511	Ἐπιμηθεύς	Epimetheus
厄俄斯福洛斯	381	Ἑωσφόρος	Eosphorus
乌刺尼亚	78	Οὐρανίη	Urania
乌兰诺斯	106	Οὐρανός	Heaven
		五　画	
古埃斯	149	Γύης	Gyes
布戎忒斯	140	βρόντης	Brontes
布里阿瑞俄斯	149	βριάρεως	Briareos
卡俄斯	116	Χάος	Chaos
卡伊枯斯	343	Κάικος	Caicus
卡利俄佩	79	Καλλιόπη	Calliope

卡利罗厄	288	Καλλιρόη	Callirrhoë
卡吕普索	359	Καλυφώ	Calypso
卡德摩斯	326	Κάδμος	Cadmus
卡德摩斯的后代（或忒拜人）	326	Καδμεῖοι	Cadmeans
发西斯	340	Φᾶσις	Phasis
尼刻	384	Νίκη	Nike
尼萨亚	249	Νησαίη	Nisaea
尼罗斯	338	Νεῖλος	Nilus

六　画

安菲洛	360	Ἀμφιρώ	Amphirho
客喀塞斯	1009	Ἀνχίσες	Anchises
安菲特律翁	317	Ἀμφιτρύων	Amphitryon
安菲特里忒	253	Ἀμφιτρίτη	Amphitrite
迈亚	938	Μαίη	Maia
许德拉	313	Ὕδρη	Hydra
许佩里翁	134	Ὑπερίων	Hyperion
亚细亚	359	Ἀσίη, Ἀσία	Asia
西摩伊斯	342	Σιμόεις	Simoïs
托厄	245,354	Θόη	Thoë
吕西阿娜萨	258	Λυσιάνασσα	Lysianassa
伊诺	976	Ἰνώ	Ino
伊里斯	266	Ἶρις	Iris
伊安忒	349	Ἰάνθη	ianthe
伊阿宋	1000	Ἰήσων, Ἰάσων	Iason
伊底伊阿	352	Ἰδυῖα	Idyia
伊斯忒耳	340	Ἴστρος	Ister
伊阿西翁	970	Ἰασίων	Iasion
伊阿佩托斯	18,134	Ἰαπετός	Iapetus
伊俄拉俄斯	317	Ἰόλαος	Iolaus
伊阿涅伊拉	356	Ἰάνειρα	Ianeira
多托	248	Δωτώ	Doto
多里斯	241	Δωρίς	Doris
自然神女（纽墨菲）	130		goddess Nymphs

七　画

库摩	255	Κυμώ	Cymo
库摩多刻	252	Κυμοδόκη	Cymodoce
库忒瑞亚	196	Κυθέρεια	Cytherea

库姆托厄	245	Κυμοθόη	Cymothoë
库玛托勒革	253	Κυματολήγη	Cymatolege
库墨珀勒亚	819	Κυμοπόλεια	Cymopolea
库克洛佩斯	139	Κύκλωπες	Cyclopes
克洛索	218,905	Κλωθώ	Clotho
克利俄	76	Κλειώ	Cleio
克珊忒	356	Ξάνθη	Xanthe
克拉托斯	385	Κράτος	Cratos
克吕墨涅	351	Κλυμένη	Clymene
克洛诺斯	3	Κρόνος	Cronos
克洛诺斯之子(宙斯)	3	Κρονίων	son of Cronos
克利俄斯	134	Κρῖος	Crius
克吕提厄	352	Κλυτίη	Clytie
克律塞伊斯	359	Χρυσηίς	Chryseis
克律萨俄耳	281	Χρυσάωρ	Chrysaor
忒亚	135	Θεία	Theia
忒修斯	136	Τηθύς	Tethys
忒弥斯	16,135	Θέμις	Themis
忒提斯	244,1006	Θέτις	Thetis
忒勒斯托	358	Τελεστώ	Telesto
忒弥斯托	261	Θεμιστώ	Themisto
忒耳普霍瑞	78	Τερψιχόρη	Terpsichore
忒勒戈诺斯	1014	Τηλέγονος	Telegonus
狄刻(正义女神)	902(256)	Δίκη	Dike
狄俄涅	17,353	Διώνη	Dione
狄拉墨涅	248	Δυναμένη	Dynamene
狄俄尼索斯	941(614)	Διώνυσος	Dionysus
伽勒涅	244	Γαλήνη	Galene
伽拉泰亚	250	Γαλάτεια	Galatea
伽拉克索拉	353	Γαλαζαύρη	Galaxaura
希波	351	Ἱππώ	Hippo
希波诺厄	251	Ἱππονόη	Hipponoë
希波托厄	251	Ἱπποθόη	Hippothoë
阿高厄	977	Ἀγαυή	Agave
阿德墨忒	349	Ἀδμήτη	Admete
阿耳戈斯	140	Ἄργης	Arges
阿尔古斯	(77)	Ἄργος	Argus
阿克泰亚	249	Ἀκταίη	Actaea
阿特拉斯	509	Ἄτλας	Atlas
阿卡斯忒	356	Ἀκάστη	Acaste
阿尔甫斯	338	Ἀλφειός	Alpheus
阿喀琉斯	1007	Ἀχιλλεύς	Achilles

阿伽乌厄	247	’Αγαυή	Agaue
阿格莱亚	909	’Αγλαΐη	Aglaea
阿特洛泊斯	218,905	῎Ατροπος	Atropos
阿斯忒里亚	409	’Αστερίη,’Αστερία	Asteria
阿尔克墨涅	526	’Αλκμήνη	Alcmene
阿尔忒密斯	15	῎Αρτεμις	Artemis
阿格里俄斯	1013	῎Αγριος	Agrius
阿刻罗俄斯	341	’Αχελώιος	Achelous
阿里阿德涅	947	’Αριάδνη	Ariadne
阿佛洛狄特	17	’Αφροδίτη	Aphrodite
阿耳得斯杜斯	345	῎Αρδησκος	Ardescus
阿斯特赖俄斯	376	’Αστραῖος	Astraeus
阿里斯泰俄斯	977	’Αρισταῖος	Aristaeus
纽克斯(夜神)	123,125(17)	Νύξ	Night
纽墨菲	130	Νύμφαι	Nymphs

八　画

宙斯	11	Ζεύς	Zeus
宙斯的		Διὸς	of Zeus
宙克索	352	Ζευξώ	Zeuxo
该亚	117	Γαῖα,或 Γῆ	Earth
刻托	238	Κητώ	Ceto
刻法罗斯	986	Κεφάλος	Cephalus
刻耳柏罗斯	311	Κέρβερος	Cerberus
刻耳刻伊斯	355	Κερκηΐς	Cerceïs
波塞顿	16	Ποσειδῶν	Poseidon
波吕多拉	354	Πολυδώρη	Polydora
波吕诺厄	258	Πουλυνόη	Polynoë
波吕多洛斯	978	Πολύδωρος	Polydorus
波吕姆尼亚	78	Πολύμνια	Polyhymnia
法厄同	987	Φαέθον	Phaëthon
泽洛斯	384	Ζῆλος	Zelus
泽费罗斯	379	Ζέφυρος	Zephyrus
拉冬	344	Λάδων	Ladon
拉赫西斯	218,905	Λάχεσις	Lachesis
拉丁努斯	1014	Λατῖνος	Latinus
拉俄墨狄亚	257	Λαομέδεια	Laomedea
帕拉斯	376	Παλλάς	Pallas
帕西忒亚	246	Πασιθέη	Pasithea
帕耳忒尼俄斯	344	Παρθένιος	Parthenius
图伦尼亚人	1016	Τυρσηνός 或 Τυρ-	Tyrsenians

凯来斯(惩罚三女神或命运三女神)	217(92)	Κῆρες	Fates
佩伽索斯	281	Πήγασος	Pegasus
弥诺斯	948	Μίνως	Minos

九　画

美狄亚	961	Μήδεια	Medea
美惠神女	907,63(73)	Χάριτες	Graces,Charites
客迈拉	319	Χίμαιρα	Chimaera
派西托厄	352	Πασιθόη	Pasithoë
珀琉斯	1006	Πηλεύς	Peleus
珀伊托	349	Πειθώ	Peitho
珀涅乌斯	343	Πηνειός	Peneüs
珀尔塞斯	280	Περσεύς	Perseus
洛狄亚	351	Ῥόδεια	Rhodea
珀特赖亚	357	Πετραίη	Petraea
珀利阿斯	996	Πελίας	Pelias
珀耳塞福涅	913	Περσεφόνη	Persephone
珀耳塞伊斯	356	Περσηίς	Perseïs
珊伽里乌斯	344	Σαγγάριος	Sangarius
革律翁	288	Γηρυῶν	Geryones
玻瑞阿斯	379	Βορέας 或 Βορέης	Boreas
柏勒罗丰	325	Βελλεροφῶν	Bellerophon
欧阿涅	259	Εὐάρνη	Euarne
欧里刻	246	Εὐνίκη	Eunice
欧罗巴	357	Εὐρώπη	Europa
欧阿革瑞	257	Εὐαγόρη	Euagore
欧利墨涅	247	Εὐλιμένη	Eulimene
欧律阿勒	276	Εὐρυάλη	Euryale
欧波摩珀	261	Εὐπόμπη	Eupompe
欧律比亚	239	Εὐρυβίη	Eurybia
欧克拉忒	243	Εὐκράντη	Eucrante
欧律诺墨	907	Εὐρυνόμη	Eurynome
欧律提翁	293	Εὐρυτίων	Eurytion
欧厄诺斯	345	Εὔηνος	Euenus
欧诺弥亚	902	Εὐνομίη	Eunomia
欧忒耳佩	77	Εὐτέρπη	Euterpe
欧佛洛绪涅	909	Εὐφροσύνη	Euphrosyne
哈利厄	245	Ἁλίη	Halie
哈得斯	311	Ἅιδης,ᾅδης	Hades

哈耳皮厄	267	Ἅρπυιαι	Harpies
哈利墨德	255	Ἀλιμήδη	Alimede
哈利阿科门	341	Ἁλιάκμων	Haliacmon
哈尔摩尼亚	937	Ἁρμονίη	Harmonia
科俄斯	134,404	Κοῖος	Coeus
科托斯	149	Κόττος	Cottus
俄库珀忒	267	Ὠκυπέτη	Ocypetes
俄耳托斯	293,327	Ὄρθος	Orthus
俄库耳罗厄	360	Ὠκυρόη	Ocyrrhoë
俄刻阿诺斯	134	Ὠκεανός	Oceanus
癸干忒斯	185	Γίγαντες	Giants

十　画

诺托斯	380	Νότος	Notus
诺狄攸斯	341	Ῥόδιος	Rhodius
涅索	261	Νησώ	Neso
涅索斯	341	Νέσσος	Nessus
涅柔斯	233	Νηρεύς	Nereus
涅墨西斯	223	Νέμεσις	Nemesis
涅墨耳提斯	262	Νημερτής	Nemertes
格赖埃	270	Γραῖαι	Graiae
格劳刻	244	Γλαύκη	Glauce
格劳科诺墨	256	Γλαυκονόμη	Glauconome
格赖尼枯斯	343	Γρήνικος	Granicus
埃洛	267	Ἀελλώ	Aëllo
埃忒耳	124	Αἰθήρ	Aether
埃涅阿斯	1008	Αἰνείας	Aeneas
埃阿科斯	1005	Αἰακός	Aeacus
埃厄忒斯	957	Αἰήτης	Aeëtes
埃塞浦斯	342	Αἴσηπος	Aesepus
特里同	931	Τρίτων	Triton
特里托革尼亚	895	Τριτογένεια	Tritogeneia
荷赖(时序三女神)	901(75)	Ὧραι	Horae
陶马斯	237	Θαύμας	Thaumas

十一画

勒托	406,17	Λητώ	Leto
勒阿戈瑞	257	Λεαγόρη	Leagore
菲吕拉	1001	Φιλύρα	Philyra

十二画

普洛托	234	Πλωτώ	Ploto
普罗托	248	Πρωτώ	Proto
普路托	355	Πλουτώ	Pluto
普路托斯	969	Πλοῦτος	Plutus
普罗诺厄	261	Προνόη	Pronoë
普萨玛忒	260,1004	Ψαμάθη	Psamathe
普律摩诺	350	Πρυμνώ	Prymno
普罗米修斯	510	Προμηθεύς	Prometheus
普勒克索拉	353	Πληξαύρη	Plexaura
普洛托墨狄亚	249	Πρωτομέδεια	Protomedea
谟涅摩绪涅	54	Μνημοσύνη	Mnemosyne
提刻	360	Τύχη	Tyche
提丰	306	Τυφάον	Typhaon
萨俄	243	Σαώ	Sao
雅典娜	13	'Αθηνᾶ,'Αθήνη	Athene
斐鲁萨	248	Φέρουσα	Pherusa
斯佩俄	245	Σπειώ	Speo
斯忒诺	276	Σθεννώ	Sthenno
斯芬克斯	327	Σφίγξ	Sphinx
斯特律门	339	Στρυμόν	Strymon
斯梯克斯	361	Στύξ	Styx
斯忒罗佩斯	140	Στερόπης	Steropes
斯卡曼得洛斯	345	Σκάμανδρος	Scamander
彭菲瑞多	273	Πεμφρηδώ	Pemphredo
塔利亚	77	Θάλεια	Thaleia
塔耳塔罗斯	120	Τάρταρος	Tartarus
瑙西托俄斯	1017	Ναυσίθοος	Nausithoüs
瑙西洛俄斯	1018	Ναυσίνοος	Nausinoüs
喀戎	1001	Χείρων	Cheiron
喀耳刻	957	Κίρκη	Circe
奥多拉	244	Εὐδώρη	Eudora
奥托诺厄	258	Αὐτονόη	Autonoë
奥德修斯	1012	'Οδυσσῆος	Odysseus

十三画

福柏	136	Φοίβη	Phoebe
福科斯	1005	Φῶκος	phocus
福耳库斯	333	Φόρκυς	Phorcys

福玻斯·阿波罗	1[illegible]	Ἀπόλλων(Φοῖβος)	Phoebus Apollo
塞墨勒	976	Σεμέλη	Semele
塞勒涅	371,19	Σελήνη	Selene
塞浦洛格尼亚	199	Κυπρογενέα	Cytherea
瑞亚	135	Ῥεία	Rhea
瑞索斯	340	Ῥῆσος	Rhesus
蓬托斯	132	Πόντος	Pontus
蓬托波瑞亚	256	Ποντοπόρεια	Pontoporea

十四画

赫柏	17	Ἥβη	Hebe
赫拉	11	Ἥρη 或 Ἥρα	Hera
赫卡忒	411	Ἑκάτη	Hecate
赫莫拉	124	Ἡμέρη	Day
赫利俄斯	957,371,19	Ἠέλιος	Helios
赫耳穆斯	343	Ἕρμος	Hermus
赫尔墨斯	938(68)	Ἑρμῆς(Ἑρμείης)	Hermes
赫斯提亚	454	Ἱστίη	Hestia
赫淮斯托斯	927,945(60)	Ἥφαιστος	Hephaestus
赫拉克勒斯	289	Ἡρακλῆς	Heracles
赫斯佩里得斯	215,518	Ἑσπερίδες	Hesperides
赫普塔波卢斯	341	Ἑπτάπορος	Heptaporus
缪斯	1,75(1)	Μοῦσαι	Muses
愿望之神	64	Ἵμερος	Himerus

十五画

摩伊赖(命运三女神)	217	Μοίραι	Moerae
潘多拉	(81)	Πανδώρη	pandora
潘诺佩亚	250	Πανόπεια	Panopea
墨利忒	247	Μελίτη	Melite
墨尼珀	260	Μενίππη	Menippe
墨杜萨	276	Μέδουσα	Medusa
墨利亚	187	Μελίαι	Meliae
墨多斯	1001	Μήδειος	Medeus
墨提斯	358	Μῆτις	Metis
墨涅斯托	357	Μενεσθώ	Menestho
墨罗玻西斯	354	Μηλόβοσις	Melobosis
墨尔波墨涅	77	Μελπομένη	Melpomene
墨诺提俄斯	510	Μενοίτιος	Menoetius
德墨忒尔(地母神)	454(465)(300)	Δημήτηρ	Demeter

图书在版编目(CIP)数据

工作与时日 神谱/(古希腊)赫西俄德著;张竹明,蒋平译.—北京:商务印书馆,2017
(汉译世界学术名著丛书:120年纪念版:珍藏本)
ISBN 978-7-100-14393-6

Ⅰ.①工… Ⅱ.①赫… ②张… ③蒋… Ⅲ.①史诗—诗集—古希腊 Ⅳ.①I12

中国版本图书馆CIP数据核字(2017)第152372号

汉译世界学术名著丛书
(120年纪念版·珍藏本)
工作与时日 神谱
〔古希腊〕赫西俄德 著
张竹明 蒋 平 译

商 务 印 书 馆 出 版
(北京王府井大街36号 邮政编码100710)
商 务 印 书 馆 发 行
北京通州皇家印刷厂印刷
ISBN 978-7-100-14393-6

2017年12月第1版 开本 710×1000 1/16
2017年12月北京第1次印刷 印张 5¾
定价:30.00元